微光城市系列·4

钻石

The Diamond of Darkhold

［美］琴娜·杜普洛 著
张颖 译

人民文学出版社

著作权合同登记号　图字01-2014-2587

图书在版编目(CIP)数据

钻石/(美)杜普洛著;张颖译. —北京:人民文学出版社,2014
(微光城市系列)
ISBN 978-7-02-010613-4

Ⅰ. ①钻…　Ⅱ. ①杜… ②张…　Ⅲ. ①长篇小说-美国-现代　Ⅳ. ①I712.45

中国版本图书馆 CIP 数据核字(2014)第 229562 号

责任编辑:马　博　翟　灿
特约策划:王轶华　周　洁
封面设计:李　佳
版式设计:董红红

出版发行　人民文学出版社
社　　址　北京市朝内大街 166 号
邮政编码　100705
网　　址　http://www.rw-cn.com
印　　制　山东德州新华印务有限责任公司
经　　销　全国新华书店等
字　　数　141 千字
开　　本　890×1240 毫米　1/32
印　　张　7.5
版　　次　2014 年 12 月北京第 1 版
印　　次　2014 年 12 月第 1 次印刷
书　　号　978-7-02-010613-4
定　　价　23.00 元

写给吉姆和苏西，
是他们让这次旅行成为了可能。

目录

暗　　室

大约在二十一世纪中叶，一场浩劫似乎即将吞噬整个世界，于是人类建造了一座地下城市作为最后的避难所。它被叫作“微光城市”。设计和修造这座城市的建设者们为它的未来倾尽了智慧——他们不但要满足人们在地下生活多年的所需，还要为人们重归地面的那一天做好准备。而后一种考虑正是工程快要结束而全球局势日趋紧张时首席建筑师突然想到的。于是他叫来助手商量此事。

“当人们撤离这座地下城的时候，”他说，“他们面对的是一个已经毁灭的世界。”

“是的，很不幸！”助手说。

“但此后他们会过得很艰难，”首席建筑师接着说，他是那种处处为别人着想的人，“我在想能否做点什么，以帮助他们开始新的生活。”

助手礼貌地扬了一下眉，等待他继续说下去。

“有了，”首席建筑师说，“我想可以留给他们当今世界的一样东西——一项最新发明——他们今后一定用得着。”

“好极了！”助手说，虽然他并不知道工程师要留的是什么。

“所以我们要找一个地方，”首席建筑师说，“就在地下城出口的不远处，从那里往山内造一间暗室。在门上装一把定时锁，不到时间无法打开，以保证和我们《出城说明》中的计划一致。暗室建好后，微光城的居民们重返地面一定要经过它。”

“这是个好办法，”助手一边说一边在本子上记下“选址”二字，接着又问，“但是，微光城的人会知道如何使用那个……嗯……暗室吗?”

“可能不知道，”首席建筑师说，“但我已经想到了这个问题。我们要印一本书，上面详尽解释他们必须了解的一切。”

“明白，”助手说，“这主意太棒了!”

于是他们就开始行动。按照首席建筑师的吩咐，他们在山体里建了一个钢筋结构的宽敞房间，然后把门封好。

但那场让建设者们忧心忡忡的灾难并没有马上发生。那场世纪中叶的人类危机后来逐渐缓和了下来。但五十年以后，世界再次面临战争的威胁，于是政府开始着手实施地下城计划。他们招募志愿者，组成夫妇，每对夫妇都被安排带着婴儿。微光城迎来了它的第一批居民。

战争开始了。炮弹狂轰滥炸，战火蔓延城市。成千上万的人死于战乱，瘟疫、饥荒和水灾的肆虐又夺去了一些战乱幸存者的生命。直到许多年以后，分散在世界各地的大灾难幸存者才得以重建文明。

微光城的人走出地下的时间比原计划稍晚了一些。由于出城时状况混乱、疲惫不堪，又因为山上以前没有树的地方现在都已郁郁葱葱，所以他们并没有注意到那个通往暗室的门。他们步履艰难地翻山越岭，最后来到一个叫星火的村庄。经过一番努力奋斗，他们在那里开始了新的生活。

倒是一个搜宝者发现了暗室。门没有上锁，他打开门走进去，发现并拿走了屋里一个有趣的东西。他还发现了一个无趣的东西：一本厚重的大书，上面密密麻麻印着小字。但像那时的许多人一样，他已经丧失了阅读的能力。

他翻着书，完全看不懂上面写的是什么。要不要这本书呢？他决定还是拿走。或许能卖几个钱，不卖的话也可以留着生火。

1.

暴风雨

星火村的一天即将结束。苍白的冬日慢慢滑入西边的云层，先锋楼后面的工地被阴影笼罩着，工人们正在那里干活。被冬雨弄得泥泞不堪的地上，到处散落着成摞的木材和成堆的砖石，还有成桶的铁钉、劳动工具、旧窗户、门等所有造房子可能用得上的东西。尽管日光几乎消退，人们仍然在继续忙碌。他们想尽可能地多做些，因为看得出一场暴风雨很快就要来临了。

终于有人喊："收工了！"工人们如释重负地叹了口气，开始收拾工具回家。

他们中有一个叫冬·海洛的十三岁男孩。冬一整天都在忙着把沉重的木板从一个地方拖到另一个地方，还要测量它们并把它们砍成合适的长度。听到收工的喊声，他放下手里一直在用的那把生锈的锯子，开始环视四周寻找他的父亲。疲惫的工人们步伐沉重地穿过工地，夜幕中他们都成了模糊的黑影，很难分得清谁是谁。他们前面就是先锋楼，那些无法外出劳动的老弱病残都等候在里面。他们已经点起了蜡烛，大楼的几扇窗户里闪着微弱的烛光。"爸爸!”冬喊道,“你在哪儿?”

他父亲的声音从他身后有些远的地方传来:“我在这里,儿子。就来了!等——”随后的声音让冬立刻转身:先是一阵什么东西碰撞破碎的声音,接着是他父亲的一声尖叫。他父亲一向温和,从未发出过这样的叫声。

冬踩着泥泞迅速跑过去,发现他的父亲正躺在地上,旁边有一个破碎的玻璃窗框,它本来是斜靠在一堆砖头上的。“怎么了?”冬喊道,“你受伤了吗?”

他父亲挣扎着想站起来。他的声音沙哑而紧张,“我被绊了一下,跌在这玻璃上了。我的手。”

这时其他人也围拢过来了,他们帮忙扶起他。冬拉过他父亲的手臂,虽然光线微弱,但他还是看清楚了:他父亲的手被划开了一个大口子,不停地流着血。

站在旁边的一个男人迅速脱下衬衫帮他包扎伤口。“攥紧拳头!”他说。

冬的父亲弯曲起手指,肌肉抽搐着。血很快染红了衬衫。

“我们得去看医生。”冬说。

“是的,这伤口要缝合,”给他衬衫的那个人说,“快走,或许你们能在下雨前赶回村子。”

“你走得动吗,父亲?”冬问道。

“哦,走得动,”他父亲的声音很虚弱,“可能还需要……”他伸出他的那只手，冬看到包手的衬衣已经被鲜血浸透了。

“冰能减缓出血，”有人说，“但我们没有冰。”

一个女人解下围巾递给冬，另一个人从自己的衬衫上撕下一些布条。他们把这些东西包扎在那只受伤的手上，然后冬和他父亲就马上出发了。

“你们需要一个灯笼！”一个男孩喊道。他叫切特·诺姆，是冬的朋友，“你们先走，我去拿一个，然后赶上你们。”

他们尽可能地快步走着，但看来路上淋雨是不可避免的了。天上已经开始飘落一些雨滴，冬感到有轻轻的、冷冷的东西落在脸上。现在他对雨水已经不陌生了。从不见天日的微光城来到星火村，他们已经在这里见识过四次暴风雨了。刚开始他们吓坏了，以为天上发生了什么可怕的事情。

身后有人叫他们，是切特跑着追上来了。“给你！”他说着递给冬一个用罐头盒做成的灯笼，盒身留有小洞，盒内点着一支蜡烛。“还有，”他接着说，“来了个搜宝者，想在旅馆里避避雨。你告诉大家，如果明天雨停了，上午会有一场集市交易。”

“好的。”冬说。他和父亲继续匆匆向村子走去。“手很疼吗？”冬问。

“还好，”他父亲的脸异常苍白，“出血真不少。”

“海斯特医生知道怎么止血。”冬说，虽然他也不确定。海斯特医生总是竭尽所能帮助他们，但她也有束手无策的时候。

他们走过一片小树林，树叶在风中瑟瑟发抖。树林后面离路稍远一点的地方隐约立着一栋高楼，楼上有片地方黑乎乎的，因为那里的屋顶坍塌了。

“他们还没有把它修好。”路过时冬说。但他的父亲眼皮都没抬。

这栋破损的建筑叫方舟，是星火村存储粮食的地方。它的屋顶早有多处腐朽，今年冬天的第一场暴风雨终于击垮了其中的一处。房梁和瓦片掉落下来，储物架倒塌，罐子和缸被砸破，粮食倾洒而出，装着谷物的袋子也散开了。等人们发现塌方的时候，老鼠们早已吃得肚皮溜圆。即使没出这个意外，方舟里的食物也不够星火村的人们支撑一冬；那场暴风雨之后，存粮中的大部分又都被毁了。

“父亲，”冬说，“把你受伤的手用另一只手摁紧，也许血能流得少些。”他父亲点点头照做了。

雨下得越来越大。借着傍晚的最后几缕天光，冬看到雨水如银针般从空中洒落。他戴上夹克衫的兜帽，颤抖着。每当遇到麻烦，冬总会去寻找解决方案并采取行动，但今晚他感到有些心灰意冷。这个冬天对于星火村太难了：人们几乎一直在挨饿，而且身体很不好，不断有人咳嗽、发烧，其中一些已经病死了；事故也接连不断——有户人家的蜡烛烧着了窗帘，点燃了整座屋子；有个蹒跚学步的小孩晚上溜出去玩，掉进河里淹死了；方舟的屋顶上塌了个洞；现在他父亲的手又划了个大口子。真是祸不单行。冬一筹莫展，不知道怎样才能改善这个局面。

几分钟后他们来到了村子。风雨中家家户户早已关紧窗户，拉上窗帘，街上一片漆黑，只有这儿或那儿的窗沿缝里透出几丝狭窄的烛光。

几乎每个人都缩进了屋里，但这时他们看到玛丽·沃特斯头上披着外套从一家门廊里冲了出来。冬叫她："玛丽！"

她转身大步朝他们走来。在村里的三个领导人中，她是最有威信、头脑最清醒的。最近，由于食品短缺，一些星火村村民开始抱怨，说如果赶走那些"陌生人"，日子就会好过很多。但玛丽坚决维护着微光城民。"我们都属于星火大家庭，"她一遍又一遍地声明，"现在如此，将来也一样。"

此刻她皱起眉头，关切地看着洛林·海洛那被包裹着的手。"怎么了？"她问。

冬的父亲简单解释了一下。"我们要去医生家，"冬说，"还有，一个搜宝者刚到了先锋楼。所以如果明天雨停了，可能会有场交易。"

"好的，"玛丽说，"也许他有些我们需要的东西。快走吧，这手要赶快治疗。"

他们匆匆赶路，中途只停下来两次，都是为了告诉过路人关于搜宝者的消息。

医生的家位于村子的尽头，冬和父亲抵达的时候雨正下得猛。

冬急促地捶着门，很快门开了，莉娜·梅菲站在那里惊讶地看着他们，她的小妹妹波比则抱着她的腿呜咽着。“哦！”莉娜喊道，“快进来！出什么事了？你们浑身都湿透了！”

虽然莉娜满脸惊恐，但看到她让冬感觉好了一些。莉娜是他最好的朋友，微光城濒临毁灭时，是他们一起找到出路并把其他城民带出来的。这些天冬不常看到莉娜，因为他住在先锋楼而她住在海斯特医生家。他觉得她看上去比以前瘦了些。

“我手受伤了，”冬的父亲说，“需要看医生。”

“她不在这里，”莉娜说，“去看一个发烧的孩子了。但默多夫人可以帮你。”

默多夫人正从楼上下来。她以前是莉娜在微光城的邻居，现在就像妈妈般照顾着莉娜和波比。她往楼下看了看，当发现是冬和他父亲时，她迅速理了一下头发和衬衫。她后面跟着医生的侄子——托伦。他的年龄比莉娜稍小些，脸形瘦长，一簇头发竖在前额，好像被风吹起来但忘记吹回去了。他俩匆匆走到来人的面前，托伦惊讶地瞪大了他蓝色的小眼睛。“怎么了？”他问道，“他手受伤了吗？我可以看看吗？”他挤近冬的父亲，“啊，这么多血！”

“托伦，”默多夫人说，“请让开。你和冬拿着蜡烛跟我来。莉娜，我需要开水和干净的布。这边走，洛林。我们会全力以赴的，直到海斯特医生回来。”

在医生的房间里，默多夫人让冬的父亲坐下来，并让他把胳膊放在旁边的桌子上。她弯腰看着他的手。“如果有冰块就好了，”她说，“可能会减缓出血。”但他们没有。上次有搜宝者来是七周以前了，那时他从山区带来的冰块早就全部融化了。“伤口里有玻璃碎片，”默多夫人说，“冬和托伦，拿蜡烛站到这边，我好看得清楚些。”

突然窗外闪过一道白光。冬和托伦拿蜡烛的手都抖了一下，热蜡滴到了冬父亲的手上。默多夫人大叫道：“那是什么？”但紧接着又一阵隆隆巨响，好像天空裂开了一样。

“闪电而已，”托伦说，好像自己刚才没被吓着似的，“在下雷暴雨呢。”

冬把蜡烛拿稳，但外面的电闪雷鸣还是让他一阵恐慌。他记得有人和他说过一种叫闪电的东西——一根有时会在暴风雨里出现的电棒。他之前不知道如何想象这根“电棒”。他想那可能是一种战栗的感觉，就像有一次在微光城他碰到插座里电线时的感觉。可能它还会伴有一些火星，或者某种闪光。

虽然正举着蜡烛照亮父亲满是鲜血的手掌，但每次那锯齿状的光线划过天际时，他总禁不住要瞥一眼窗外。那种威力是他从未见过的，让他心中充满了敬畏。那就是电。但这种锯齿状的光线怎么会和微光城那台旧的水力发电机里发出的东西一样呢？这瞬间消失的东西又怎么会和让灯亮一整晚的东西是一样的呢？他现在懂了，电不是人制造出来的；它是世界的一部分，只是有时候人能用某种神秘的方法捕捉到它。

默多夫人皱起眉头，一边忙一边咕哝着。“真希望海斯特能马上回来，”她说，“我看不清伤口清理干净了没有。莉娜取的水呢？”

闪电又来了，像一根白色的电杆从云中俯冲下来。当雷声接踵而至时，冬感觉自己的内心深处也在轰鸣，就像有个严厉而具有威慑力的声音在给他下一道无法理解的命令。

莉娜正在后院泵水，雨水浇落在她的身上。她把泵提起又压下，再提起，再压下，直到把水泵出来灌满水壶。她感到烦躁又愤怒。在微光城，你只要打开龙头，热水就出来了。如果她还在微光城，不到一分钟就能把这水壶装满，不会像现在这样又湿又冷，不会——

就在这时，整个天空突然被照亮了，黑沉的夜晚变成了耀眼的白昼。她踉跄后退着，大叫着，但一阵可怕的咆哮淹没了她的声音。她丢下水壶跑进屋里，正要穿过客厅时门被撞开了，海斯特医生蹒跚着走了进来。风中她的外套被刮起，围巾飘甩着，雨水顺着头发流了下来。

“这是怎么了？”莉娜大喊着，“天要裂开了吗？”

医生用力关上身后的门，此时恰巧一阵狂风涌入，吹灭了壁炉里的火，房间陷入了黑暗。外面的闪光再次亮起，接着又是一阵震耳欲聋声。波比尖叫着，莉娜跑去把她抱了起来。

“海斯特！”默多夫人在另一个房间喊道，“请过来一下，我们需要你！”

另一道闪光照亮了窗口，随后又是一声咆哮。

“是雷暴雨。”医生一边脱下湿透的外套一边说。

“它会伤害我们吗？”莉娜抱紧大哭的波比问。

“如果闪电击中你的话，”医生说，“而且闪电会让东西着火。”她把外套扔在椅子上匆匆走开了。

从天上来的火。莉娜战栗着。在微光城，天上从未掉下过水、冰或火，更不会发出咆哮声；天总是黑暗的、不变的、安静的。在微光城，每天的天气都是相同的。

医生和默多夫人在冬父亲的手上忙了将近一个小时，冬、莉娜和托伦只是手持蜡烛照亮都已经累得不行了。终于，海斯特医生叹口气站了起来。“我想我已经取出了所有的碎片，”她说，“但我看不清楚，所以不能确定是否会感染。”

冬的父亲虚弱地微笑了一下。手术期间他一声也不吭，但脸灰白灰白的。“我知道你们已经尽力了。”他说。

“你和冬今晚必须住在这里，”默多夫人说，“你们不能在暴风雨天出去。”

“谢谢，”冬父亲说，“感激不尽。差点忘了，一个搜宝者明天会来镇上。也许我们能补充一下食品。”

“也许吧，”医生说，“如果我们能拿出东西去交换的话。”

她在长沙发上给冬父亲整理了一张床。冬裹着一条旧被子睡在靠窗的座椅上。楼上，波比太害怕不敢一个人睡，爬到了莉娜的床上。莉娜则躺在那里，一边听着外面的瓢泼大雨声，一边想着那座九个月前还是她的家的城市。

那时，微光城已经快要灭亡了。所有的食物供给都快耗尽了，建筑物旧了也破了，最糟糕的是电快没了。没有电，这个城市将陷入彻底的、永远的黑暗，因为它建在地下，没有阳光照射。但城民们却不知道这些，微光城就是他们的整个世界。

尽管微光城有些阴郁，但它是让莉娜感到熟悉又亲切的地方。她想念她在那里的工作：走街串巷地奔跑着送信，每天看到不同的地方和不同的人。她想念她与波比的那间舒适的公寓；一开始她们和祖母住在里面，祖母去世后她们就和默多夫人一起生活。

微光城确实是一个黑暗的地方。但在白天，巨大的灯照亮了街道，夜晚——至少在九点断电之前——屋里也是温馨又明亮的。按一下开关灯就亮了，可以在灯光下读书、画画或者下跳棋。不用担心蜡烛油，没有风吹灭火焰，也无需记着用木柴续火。

就在前几天，有一晚莉娜想画画，家里却没有多余的蜡烛给她照明。“在冬季，”海斯特医生说，“我们有一半时间都生活在黑暗中。”不止一半，莉娜当时想。冬季白天本来就短，太阳还时常被云层遮住。黑暗跟随你溜进屋子，潜伏在墙角、天花板旁以及所有蜡烛和炉火照不到的地方。

莉娜知道怀念微光城是没用的，但至少微光城里有什么危险她是知道的。而在星火村，他们面临的是全新的陌生环境：可能会被暴风雪冻僵，被毒橡树蛰出水疱，被强盗抢劫袭击（她没见过强盗，但她听说过），被蛇咬伤，或者被动物吃掉。现在又有了闪电。“为什么世界上有这么多的困难和危险呢？”莉娜曾问海斯特医生，医生只是耸耸肩。

“这让我们的工作有意义，”她说，“总会有需要帮助的病人。”

但在这样的夜晚，天空中电闪雷鸣，大雨倾盆如注，莉娜不想去考虑什么工作的意义。她只能把波比搂得更紧一些。远处的某个地方，她听到一声尖利而怪异的嚎叫。是风吗？还是一个在暴风雨中迷了路的人？她用被子盖住耳朵。她感到被一种黑暗包围着，这种黑暗与微光城的不一样，但同样令人恐惧。

2.

搜宝者

第二天莉娜早早醒来了。她拉开床边的窗帘，发现暴风雨已经过去了。她立刻来了精神。那个搜宝者要来了！“醒醒，波比！”她轻推着她的小妹妹，“上午我们出去。”

“不——”波比把头埋在枕头里。

“去！”莉娜说，“很好玩的！快起床！”她把波比拽起来，帮她穿上衣服。等她们到楼下时，屋里的其他人也都起来了。

默多夫人正在厨房里搅拌一罐玉米糊。“也许那个搜宝者有些干香菇，”她说，“那就能改善一下生活了。再买点大麦，或者核桃。”

“随便买什么，只要让吃的有点变化。”莉娜说。她整天都在帮默多夫人动脑筋用两个土豆做出五个人的饭，还要不断变换花样用玉米糊调制各种菜肴。

“或者买些柳树皮酊止痛药。”海斯特医生说，满屋翻找着她昨晚不知道放在哪儿了的一包草药。

“是的，”冬父亲苦笑道，“那药昨晚用得着。”

“还有果酱！”托伦喊道，“如果他有果酱，一定要多买些。我讨厌吃这种没果酱的糊。”

早餐很快吃好了，只有冬的父亲慢一些。他笨拙地用左手拿着汤匙舀玉米糊，因为他的右手被缠上了厚厚的绷带。冬好像晚上没睡好，莉娜想。他眼圈有点发黑。

但出门却准备了很久。一大团糊滴在了波比的衣服上，只好从头到脚重换一套；海斯特医生找不到她的围巾；托伦在他的聚宝盒里扒拉着，说要找什么极其重要的东西。最后，莉娜发现冬在看着她，他投来疑问的眼神，她点了点头。“冬和我想先去，”她问，“可以吗？”

默多夫人向他们挥挥手说：“好的，好的，去吧。”

于是两人跑进了晨风中。他们沿着河边的路一直跑到小镇泥泞的街道上，那里的人们正纷纷往集市涌去，去看那个搜宝者。

搜宝者是一种生意人，他们在零散偏远的小村落间走动，也去废墟收集物品来卖。搜宝者所到之处总是充满了兴奋，即使在如今这种人们几乎没东西可以交换的时候。搜宝者会从别的村庄带来一些新闻——收成的好坏、疾病的蔓延、河水的泛滥，或者有什么庆祝活动。还可能带来山里和居民点之间无人区的消息：湖面是否已经结冰，是否有许多野蘑菇可以采摘，或者是否有关于强盗的传闻。不管怎样，从别处来的人总会带来些不同。

“我们站近一点，”莉娜说。他们往集市的边上贴去，在邻近河边棕色枯草地的一处站定了。

莉娜观察着周围的人群。不知为什么，他们看起来都比夏天时矮小得多，仿佛被冻得萎缩干瘪了。他们的双手紧紧抱住身体，耸起肩膀，缩紧脖子。他们的嘴巴紧闭着，眯起眼睛到处瞄着，仿佛随时担心有什么不好的事情发生。莉娜知道她看起来也一样糟糕。她照镜子时注意到自己的脸骨瘦突了许多。

她看到村子的领导人之一玛丽·沃特斯正盯着聚集的人群，目光严肃而凝重，像一个担心自己孩子的母亲。她看到她的朋友利兹·碧斯科正站在一条长凳上，探着头往人群里看。利兹病了一段时间，现在已经恢复了，但她的红头发看上去毫无光泽，乱七八糟地纠成一团，脸也很瘦削。她看到肯尼·帕顿向冬挥手并朝他们挤过来。肯尼是一个害羞、安静的男孩，大部分时间都在东转转西看看地自得其乐。夏末时他曾向冬提供了一条关于坏人提克的重要信息，就这样和冬交上了朋友。几分钟后，托伦像疯了一样冲进广场，双手在胸前捧着什么东西。在他身后，默多夫人也提着一篮干大蒜匆匆忙忙跑了过来。

大家都在等待。人们颤抖着低声谈论着，口中呼出的热气在寒冷的空气中凝成阵阵白雾。他们竖起衣领，试图挡住从街角呼啸而来的凛冽寒风；他们拉下帽子，系紧围巾，把耳朵尽量包严实。许多人在咳嗽，在用衣袖擦鼻涕；由于寒冷和潮湿，疾病正在这个村庄肆虐，而那些几乎没饭吃的人虚弱得完全没有招架之力。目前为止已有三人死于发烧，医生也无能为力。莉娜从房子的后窗看到过他们的木棺——两大一小，被送去了村里的墓地。

终于，一阵叮当声传来，这表明搜宝者走近了。莉娜踮起脚尖想看个清楚，但从村政府拐角处出现的人和她想象的并不完全一样。首先，这个搜宝者是个女人——身材矮胖粗壮，脸被冻得通红，脏兮兮的黄头发像猪鬃做的扫帚，被草草剪至耳朵下方。她的衣服破烂又肮脏，简直就是胡乱缝起的一堆破布，腰间捆扎着皮带和绳子，上面挂着几柄刀、一个破旧的锡瓶和一把剪子。她走在她的马车前，一只手里拿着根长棍。

那马车上盖着用五颜六色的破布拼接成的车篷。所有的补丁都已褪色脏污，但整个车篷倒有一种灰蒙蒙的光泽，像一件破旧的雨衣。和它的主人一样，马车上也叮叮当当地挂了一圈：水壶、平底锅、布袋、皮革钱包、绳子和水桶。几只羊摇摇晃晃地跟在车后，身上的毛毫无蓬松洁白可言，更像是灰色的抹布。

那个拉车的动物莉娜从没见过。它比公牛瘦得多——也许太瘦了，因为它的身体两侧显现出了肋骨的形状。它的腿长而细，脖子上垂下密密的毛发，耳朵向上直竖着。此时的它正转过长脸看着人群。

“嘿，一匹马！”和莉娜、冬站在一起的肯尼·帕顿说，“很难得看到的。”

不知为什么，莉娜一看到这匹马就立刻爱上了它，尽管她对马一无所知。也许它们是可怕的、凶猛的动物。她眼前的这匹虽然很瘦，但看起来足以给人致命一踢，也许还会咬人。有时它突然昂起头大叫一声，莉娜能看到它露出的两排牙齿。但说不清原因，她就是喜欢它。

搜宝者已经停下马车开始喊话了。“靠近一点！”她喊道，“都过来！有好东西卖。质量好又稀罕！真正的物美价廉！”

人们聚拢了过来。

“看看我的好羊！”搜宝者说，“今天仅限购一只。”她转身呵斥着那些绵羊，撵它们向前走，“走起来，羊崽子们！”她用棍子敲了敲它们的屁股。羊向前蹦跳着，咩咩乱叫。“看到了吗？多肥、多壮！用来纺毛、制油、炖肉，都好极了！”

但即使是对动物了解不多的莉娜也能看出，这些羊并不太好。事实上，它们看上去病恹恹的，毛色凌乱，腿上还糊着黑乎乎的泥巴。

“谁要买羊吗？”搜宝者喊着，“五袋玉米或四袋豆子就能换一只羊。便宜卖了！”

没人吭声。星火村连一袋豆子或玉米也拿不出来。

搜宝者皱起了眉头。“不要犹豫啦！”她吆喝道，“你们不会买错的！羊身上是有点脏，那是因为冬季的一半时间都待在山上，洗一下就会好看了。”

人群里还是没动静。

搜宝者生气地耸耸肩。她走到马车后部，伸手拿出一些袋子和盒子。“好吧，”她说，“还有别的好东西，谁出的价高就给谁。用食品换是最好的，或者蜡烛。”她把它们一件接一件地高举起来。

她拿出来的有一只生锈的水桶、一把旧硬币、几条绳子和腰带、一个棕色的厚玻璃瓶……站在莉娜身边的海蒂·凯伦叹口气摇了摇头。“这是我见过的最没用的破烂。”她说。

有几件东西找到了买主。玛莎·帕顿用一小罐腌南瓜换了一口旧锅，老福尼·乔用一袋干西梅换了一根雕花拐杖。当搜宝者举起一个小小的塑料雕像时——那看上去像是一个肌肉发达的小个子男人——托伦高声喊着要买，说他有一件非常古老而且罕见的东西可以交换，是一个带有十四个按钮的遥控器。但搜宝者只是挥着手让他走开：“我说过了，用食品换。那东西又不能吃，没用。”

托伦恼怒得拧起了眉毛。那遥控器是他的宝贝之一。他的宝贝还包括很多玩具模型，包括坦克、摩托车和大象；他有一支不亮了的手电筒；他还有——宝贝中的宝贝——四十八只真正的灯泡，是他哥哥卡斯帕出去做搜宝者时带给他的。冬曾把其中一只安在他自制的小发电机上，居然亮起来了。这些灯泡是他最喜欢的宝贝，他可舍不得扔掉它们。但他本来信心满满那个遥控器是可以换点东西的。他不是很喜欢它，因为他根本不知道它是什么。

很快没有村民再拿东西出来了。人们开始失望地离开。见此情景，搜宝者用手里的棍子猛击马车的车轮。“新闻！”她提高嗓门喊道，“我有两条消息，廉价出售！”

当然，每个人都对新闻感兴趣。通常搜宝者会免费和他们说新闻，但显然这次不是白听的。玛丽·沃特斯向前走了几步，说她愿意用五支蜡烛换她的新闻。

“好吧！”搜宝者喊道。每个人都安静了下来。

“第一件事，”搜宝者说，“这地区有一群狼。我已经看到大鸟在盘旋了。要看好你的绵羊和山羊。”

人们皱起眉头，低声谈论着羊群和篱笆的事情。莉娜转头问肯尼：“狼是大鸟吗？”

“不是，”肯尼说，“狼像是一种狗，但比狗更凶猛。它们会嚎叫，好像在一起唱歌。严冬它们会闯进人生活的地方杀死家畜，有时也吃人。鸟就跟在后面捡它们吃剩下的。”

莉娜颤抖了一下，把狼加入了她不断增补的世界危险物名单里。

“第二件事，”搜宝者用一根手指指着天空说，“一颗新的星星出现了。奇怪的是，它会移动。我亲眼看到的。”

此话又引发了村民们的一阵低声议论。莉娜听到有几个人说他们也见过同样的事情。“这不正常，”有人说，“星星是不会动的。”

搜宝者开始把拿出来的东西都收回到袋子和盒子里。

“我会做驱狼口哨，”肯尼对冬说，“想学吗？”

冬没答话。莉娜看到冬正盯着马车后轮旁的一个东西，那东西刚才搜宝者并没拿出来卖。在她看来，那像是一本封面向下打开的书。

人群散开了，肯尼也去别的地方转悠了。冬示意莉娜过来，他们一起走到搜宝者面前。“那是什么？”他指着那本书问。

搜宝者往后瞟了一眼。“哦，那个，”她说，“我生火用的。”

“怎么卖？”冬说。

她停止了捆绑货物和装箱子。“你想要这东西？”她的眼中闪烁着光芒。“当然，它可能很珍贵，”她说，“因为它很古老，是在那高高的山里找到的，一般人看不到。”

“哦，我倒不是认为它有多珍贵，”冬说，“只是我碰巧喜欢收集书。我可以给你……嗯……让我看看。我这会儿什么也没带。”他说：“但我能拿来……我能拿来一些……”他犹豫着，思考着，但眼睛仍然一刻不离地盯着那本破书。

莉娜看得出他很想要它。那书被揉得乱七八糟，也散页了，但她知道冬对书的感情。

她有了个主意。“我买给你。”她对他说。她转身对搜宝者说：“我用一根火柴和你换。”

“一根什么？”搜宝者说。

“一根火柴，”莉娜说，“你知道，生火用的。”刚巧她口袋里还有三根。她随身总带着火柴，因为经常用得着——点蜡烛、生炉子，或者借给一个炉火熄灭了的邻居。星火的所有火柴都是微光城民带来的。对于村民们来说，它们是极好的东西。本想把它们省下来用于交易，换些食物和其他供给，毕竟现在村里人口增长得很快。但当寒冷的冬季来临，人们忍不住想用火柴来取火，毕竟这比用打火石方便多了。莉娜想，他们从微光城带来的火柴很可能已经差不多用完了。

搜宝者激动得眉飞色舞。“真的吗？我听说过火柴那东西，可是从没……”但很快她又露出了精明的神情，“我是说，真的吗？你只给我一根，就想换这本极其古老极其重要的书？三根还差不多。”

莉娜瞥了一眼冬。

“那算了，不要了。”冬说。

“好吧，好吧，”搜宝者立刻说，“两根吧。”

“一根，”莉娜说，“这书卖相太差。”她从兜里掏出一根火柴递给搜宝者。搜宝者耸耸肩，把书给了冬。她得意地笑着，显然认为这次赚大了。

冬捡起书，莉娜立刻看出它有多糟糕——已经被搜宝者扯掉了很多页，基本散了架。尽管由于搜宝者撕得不齐，书脊上还留有一些没撕尽的纸条，但整本书似乎只有极少几页是完整的，而且都是脏兮兮、皱巴巴的。真是浪费了一根好火柴，莉娜想。

冬把书拿在手里，翻过来看了一下封面。然后他抬眼看着搜宝者：“你是在山里捡的？”

“对啊。靠近一个——”她立刻用手捂紧嘴巴，咯咯笑了起来，

“但他叫我不要告诉别人的。”她透过肮脏的指缝说。

“靠近什么？”冬问，“谁叫你不要告诉别人的？”

搜宝者只是狡黠地笑笑，摇了摇头。她接着把剩下的一点商品扔进马车，一边哼着小调——那小调莉娜听起来很熟悉，但她说不出是什么。把袋子和盒子都堆好后，搜宝者拉起了马的缰绳。

“等一等！”莉娜说，“我可以摸一下那匹马吗？”

那个搜宝者看上去很惊讶，但还是点了点头。莉娜轻轻拍了拍它瘦瘪的肚子，那马转过大眼睛看着她，黑色的鼻孔向她温和地喷着气。她用手指梳理它脖子上乱糟糟的毛，又伸长手臂去抚摸它柔软的耳朵。

“它年轻的时候，”搜宝者说，“我还骑过它。”

“骑过它？你的意思是坐在它背上吗？它跑得快吗？”

“曾经跑得快，”她边说边喂给马两团草料。

“比自行车还快？”莉娜问道。

搜宝者大笑起来。“比河里的水流还快。”然后她拉紧缰绳，马抬起瘦长的腿向前迈去。搜宝者领着它离开了，那些绵羊紧随其后。

莉娜正准备向冬告别，冬却抓住了她的手臂。“莉娜，”他说，“你看这个。”他的声音有些异样，她吃惊地转头看着他。他把那本书递到她面前，给她看封面。封面上印着“使用说明”几个大字。

“使用什么的说明？”莉娜说，“我不懂。”

“不，你看下面，”冬指着印在封面底端的一行小字。

莉娜看到了那行字：“写给来自微()城的人。”有团污点遮住了“微”后面的字。但没关系。她知道那是什么字。她抬起头睁大眼睛看着冬。

“微光！”两人异口同声地说。

3.

八页书

第二天早上，冬出现在医生家门口，他是来找莉娜的。“她在屋后，”默多夫人说，“晾衣服去了。”

冬在晾衣服的地方找到了她。衣服和被单在寒风中飘荡，她正在把洗好的衣物挂在一根系在屋子和树之间的绳子上，然后用劈开的细木棒夹住衣服。“莉娜，”他说，“我有话要跟你说。”

她从一条湿漉漉的大裙子后面钻出来，那裙子是海斯特医生的。“好的，”她说，“你发现什么了吗？”昨天他们认出书封面上的“微光”二字后，冬就迅速回到家里看完了书上仅剩的那几页。

“这绝对是来自古代的东西，”他开口了，“但我说不清是什么。你知道这本书还剩多少页吗？八页！而且大部分是书后面的。那个搜宝者一定是从前面一页一页往后撕的。但后面这几页上大多是些图形、公式和文字，我看不懂。”

“一点也看不懂吗？”莉娜说着从洗衣篮中扯出一件湿衬衫。

“只懂一点点，一知半解的。但我还是发现了一些线索。我认为这本书应该是关于某种机器的，也许关于什么电器。比如，我认得这个‘流’字。它听起来不像是描述电流的吗?”

“我不知道,”莉娜说,“也可能指的是河流。”她想,冬对电真是太着迷了,看什么都觉得和电有关。

“书里还写着‘水晶’和‘发光’几个字。”冬说。

莉娜把衬衫在晾衣绳上抖开。“这些听起来像和宝石有关。”

“不,我不这么想,”冬说,“我觉得是某种机器。”他看起来很兴奋,在晾衣绳旁来回踱着步,一边拨开挡路的随风飘舞的衣服。“我只知道这本书很重要,莉娜,”他说,“它是为我们写的！写给来自微光城的人。”

莉娜正在努力把那件衬衫夹在绳上,但风总是把它刮开。“能帮个忙吗？我挂不起来。”

冬抓过一只衬衫的袖子,把它绕在晾衣绳上。“莉娜,我一直在想着这些。想着这本书,想它的意思,想方舟的现状,我多么想……”他的声音低了下来。衬衫从绳上滑落下来,还没等莉娜抓住就掉进了泥里。“我不是很确定,”冬接着说,完全没注意到衬衫掉了,“但我能感到……”他仰望天空,眉头紧锁,好像在努力琢磨写在空中的一个谜语,“就像当时看到被波比弄坏的那本《出城说明》的感觉。那是属于我们的秘密,我们必须弄明白。那是我们的使命。这次我又有了同样的感觉。”

莉娜心情沮丧地想着那本破书,捡起衬衫,抖掉上面的泥水。“你是说我们得弄清楚那书上写的是什么？我们要猜出已经丢失的内容?”

“不,不,弄清楚是不可能的,遗失的内容太多了。但我们必须做点什么,不能就这样置之不理。”风把他的头发吹到了眼睛上,他不耐烦地把它们拨回去,“这里有太多麻烦了,莉娜。寒冷阴暗,食物匮乏,疾病蔓延……也许这本书能告诉我们怎样让一切好起来。”

“你把书给你父亲看了吗?”

“没有,”冬说,“我谁也没给看。”

“为什么?”

冬好像没听见一样继续自说自话:“我觉得在微光城的上方附近我们能找到什么。看这本书的标题:‘使用说明’,和‘出城说明’多像。”

“是的。”莉娜不得不承认。

冬说:“我想我们应该去找找这东西。”

莉娜不相信地笑了一声。“没人会让我们去的。”她说。

“我知道。这就是为什么我没告诉任何人。他们会阻止我们的。”

“可是我们怎么去呢?”莉娜问,“我们甚至不知道要找什么。”她心中有种不安的感觉,她也不知道那是兴奋还是恐惧。

“我一直在反复思考这个问题,”冬说,“我知道这很冒险。我们可能什么也找不到。但我想回微光城去,莉娜。而且我想要你跟我一起去。”

但那是不可能的。冬这样说的时候莉娜直想笑,但又不能笑出来,因为看得出他是认真的。如果不是默多夫人从厨房窗口叫莉娜进屋削土豆,她肯定他就会在这衣物飘扬的寒冷的后院向她解释他所有的计划。“明天见,”冬说,“在方舟,日出的时候,可以吗?到时候我和你详细说。”

她同意了。那天下午她简直忙得脚不点地:削土豆、抱柴生火、在花园里挖白菜窖、攒蜡滴做蜡烛,完全没时间思考。到了晚上她终于能静下来了。晚餐结束了。晚餐并不丰富——只有稀薄的胡萝卜汤、干面包和一点去掉霉层的奶酪屑。莉娜已经习惯了大部分时间吃不饱。

她坐到炉火旁的一把椅子上。托伦坐在附近的地板上,拿一根长叉拨着炉火,一边看着飞起来的火花。波比在楼上睡着了。莉娜旁边的桌子上摆着一张她忙中偷闲画的画,但已经几星期了还没画完。她一直喜欢绘画。住在微光城时,她画了许多幅想象中的城市的图画——那是一个和微光城完全不同的明亮而美丽的城市,到处是白色的高楼,上方是蔚蓝的天空。她知道那只是一个梦。有些东西是她编造的(她从来没见过不黑暗的天空),但她深深为之吸引,一遍又一遍地在纸上画着。离开微光城时她把那些画儿留下了,现在她多么希望自己仍然拥有那些画啊。她尝试过几次想再把它们画出来,但就是画不好。这些天她开始想画身边的一切——星火村的房屋、动物和树木。

最近她在画一只鸡，还没画好。大多数情况下她只能用木炭头作画，所以她的画看起来粗笨又脏污。偶尔冬会在先锋楼为她找来一截铅笔头，这时她的图画线条就明朗一些了。她想念在微光城用的彩色铅笔。如果有彩色铅笔，这只鸡就画得十全十美了。

她的纸也是冬给的。他一直在给微光城的图书管理员爱德华·帕克帮忙。到星火村以后，爱德华毛遂自荐去整理方舟后面的一个房间，那里有乱七八糟一大堆沉睡多年的书。在冬的帮助下，他逐渐把这些书按顺序摆好，以便人们找到想看的书。冬发现有的旧书后面留有空白页，于是就撕下来拿给莉娜。

她转而想到了微光城。这个名字让她充满了悲伤和思念。她是在微光城长大的，她关心的所有人也都住在那里。她熟悉微光城的街道、楼房，熟悉那里的每条小巷、每个角落、每家门廊。她想到了冬的话。她能回去吗？她想回去吗？

默多夫人走了进来。她一手拿着蜡烛，一手端着杯茶——是薄荷茶，莉娜从香气闻得出来。她坐进炉子旁的一把椅子里，那炉火已经快熄灭了。“海斯特医生睡着了，”她说，“我终于说服了她去休息。这一连几周马不停蹄地照顾别人，她自己也快撑不住了。”

对于莉娜来说，随便在哪个房间，只要有默多夫人在，她总会感到安全和舒适。默多夫人是一个利落、正直、个性鲜明的女人。虽然不属于柔情蜜意型，但她善良、理智，让莉娜充满了信任。

“该睡觉了。”默多夫人说。

“我不想睡。”托伦缩着肩皱着眉说。

“你要等炉火灭了、身上冷了才去睡吗？”默多夫人说。

“我会去睡的，”托伦说，“但不是现在。”他用叉子拨着烧尽的木头，直到它们被戳散成闪着微光的碎片。

“微光，”莉娜看着那些碎片说，“我们的城市就是根据这个命名的。”

“我不明白你们怎么能住在地下，”托伦说，“我还是认为你们在编瞎话。”

“我们没有，”莉娜说，“我们为什么要编呢？”

“也许你们其实是来自外太空，”托伦说，“坐飞机来的。”

“我们来的时候你在场，”莉娜说，“你看到飞机了吗？”

“没看到，”托伦说。他在壁炉里划动着火叉，把里面的木炭分散开，“我只是想看看那个地下的城市，仅此而已。”

也许我也会去看看，莉娜想。但一想到微光城现在的样子——彻底的黑暗、完全的荒弃——她颤抖了。不，他们不可能再去那里！明天她要把这个告诉冬，他肯定会醒悟过来并赞同她的想法。

第二天一大早她就去了方舟。外面刮着大风，乌云从西边的地平线上升起，大朵大朵的，像是刷着白漆的雕木映着蓝色的影子。在方舟的主楼顶上，工人们正在把那些湿透的腐朽木头拆掉，赶在下一场雨来之前抢修漏洞。爱德华在后面的房间里整理他的图书馆；那里的屋顶倒是完好无损，却凭空招来了不少抱怨：为什么遭殃的是食物而不是那些没用的书?

冬正站在后面房间的门外。风吹打着他的夹克。这不是他那件以前总穿的棕色旧夹克。大约就在上个月,那衣服对他来说实在小得不能再穿了。现在他穿的这件深绿色夹克是从星火人捐赠给新居民的衣服堆里捡来的。虽然袖口有点磨损,但至少不会露出手腕。

“进来吧,”冬说,“避避风。”他把莉娜带进后面的房间,那里堆着多年来积聚的大量书籍。借着从一个肮脏窗口照进来的昏暗光线,他们在一摊摊七倒八歪的书中小心地走着。然后冬叠起两摞书,他们分别坐在上面。还没等莉娜说话,冬就开口了。“我知道你认为我昏头了。”他说。

“嗯,”莉娜说,“我的确是这样认为的。我不知道我们怎样才能找到去微光城的路。即使找到了,也要花很长时间才能到那里——这么冷的天,我们要在外面过夜。当时我们从微光城出来,走了整整四天才到星火村。”

“但是你和我可以走得快很多,”冬说,“我们从微光城来的时候,一路上有老人和小孩,而且不知道要去哪里。但如果只有你和我,走一整天肯定能到了。”

“问题是,即使能到那里,”莉娜说,“我们也进不了城。我们没办法逆流而上。”

“我知道,”冬说,“但也许我们可以从上面进去。我在想,我们可以回到当时把消息条扔下去的地方，试着沿那块峭壁的坡面往下爬，也许就能下到城里。”

“但就算能下到城里，”莉娜说，“那城现在是完全黑暗的，我们在那里什么也找不到——即使我们知道要找什么。”

“可我们有蜡烛，”冬说，“我们会带很多蜡烛。我会仔细研究那本书里的每一个字，弄清楚我们要找什么以及在哪里找。还有——可能我们找不到书里说的那样东西，但我们可以找到其他东西。那里可能还有食物，或者药品。还记得我们用来擦伤口的药膏吗？如果那里还剩一些的话，可以拿回来帮助我父亲。他没说什么，但我看得出他手伤得很严重，可能感染了。”

“我记得那药膏，”莉娜说，“名叫抗生素-B。我记得祖母家里还有一管，但差不多用完了。”

“哪怕剩一点点也好，”冬说，“而且那里可能还有其他有用的东西，可以带回来用作交易。总之去了就一定会有收获。”

莉娜看得出他多么兴奋，多么希望立刻实施计划，但这对她来说似乎很危险、很困难，而且可能毫无意义。但是她不得不承认他的兴奋大大鼓舞了她。最近的生活一直很艰苦乏味，一次冒险可能会带来改变。她没有把握冬的计划会成功，想象总比现实美好。但就只当是一趟旅行吧，即使找不到任何东西，转身回家就行了……她被诱惑了。

“但我们不能就这样失踪，”莉娜说，“别人会担心的。”她记得有两次她不辞而别出去，默多夫人简直急得发狂：一次是唱歌节那天她突然离开微光城，另一次是几个月前，她跑去那座废弃的城市。她不想再让默多夫人担忧了。

这个冬早就计划好了。方法很复杂，但他确信是可行的。“莉娜，”他说，“你得去和曼迪谈谈。”曼迪是夏天跟着托伦的哥哥卡斯帕来到镇上的。卡斯帕的远征失败以后，她就留下来帮着打理花园。冬天花园里没有什么事做，所以曼迪应该有余暇时间。莉娜要去问她是否愿意搬到医生家住几天给默多夫人帮忙。如果曼迪同意——冬断定她会同意的——莉娜就去告诉默多夫人说她需要一些零钱，想去先锋楼打几天工。“告诉她你只是和曼迪换个位置，”他说，“然后，一等曼迪离开，我就去对我父亲说要去医生家陪你几天，因为你一个人忙不过来。”

“但你父亲会不会问，为什么我们要曼迪和你都去?”莉娜问。

“不会的。生病的人太多，医生又经常外出，他知道她需要很多很多的帮助。”

太阳被一片云遮住了，房间里的光线比之前更加黯淡。莉娜沉吟着。她的理智和她对冒险的向往正在相互对抗。她看了看冬的眼睛。他眼神严肃，看得出是下定决心了。她不知道他是勇敢还是鲁莽，是聪明还是愚蠢。或许都有一点儿。

“那么，”冬说，“我们去吧?”

她想着外面空旷的土地和在那里徘徊的狼，还有外面的冰雨、寒冷和北风。她想着在这里整天做的事情：削土豆、打扫厕所、洗药瓶子、晾晒衣服。她想着微光城，那里——只是可能——有重要的事在等待他们去做。她放下一切疑虑，深深吸了口气。

“好，”她说，“我们去吧。”

冬点点头，但并没有笑：“我就知道你会这么说。”

4.

旅行计划

“那就这么定了。”冬说。他把身体往前弓，胳膊肘支在膝盖上，他身后的尘埃在从窗口照进的阳光中飞舞着。“喏，我是这样计划的。如果天气好，三天后就出发。如果天气不好，那就得等等——我们不可能淋着雨或顶着雪去。尽可能清晨出发，在太阳还没升起之前，然后一整天都抓紧赶路，傍晚时分应该就能到了。我们在山洞入口处过夜。我们会带着毛毯保暖，还可以在洞里生火。第二天早上我们就开始探索，看看是否有办法进到城里。”

“再然后呢？”莉娜问。

“再然后，”冬说，“那时我应该已经研究好那本书了，我就会知道接下来应该做什么。”

“但是，冬，如果你从书里找不到任何线索怎么办？你面对的是一座巨大而黑暗的城市，成百上千的房间，众多的储藏室，还有管道……”

“我知道，我知道，”冬说，“如果我从书里找不到线索，我们就看看那里是否有食物和物资可以带回来，至少能帮助星火村度过整个冬天。可能会有的！人们可能把食物留在了厨房里没来得及带走，储藏室里可能也有一些，还有市长的宝库。你永远想不到我们可能找到什么。”

“嗯。”莉娜的心里还是有点打鼓。

冬继续说下去：“我们在城里找一天，再住上一晚，然后第二天回来。”讲完后他果断地点了一下头。

莉娜看得出冬对他的计划很满意，恨不得立刻实施。“哦，也许吧——”她说。

冬站起来，他摊开双手。“莉娜！”他喊着，显然很激动，“这里的人正陷入困境，我们也许能帮助他们！如果我们找到了食品罐头呢？如果我们找到能治好我父亲手伤的药呢？还有，”他停顿了一下，眼睛里闪烁着光芒，“我们有一本书，名字就叫写给来自微光城的人。山上一定有什么东西是留给我们的。我们怎么能不去找呢？”

“你说得对！”她说。她心中再次涌起一阵冲动，不知是兴奋还是恐惧。“但是以防万一，”她补充道，“应该有人知道我们真正去了哪里。我要给默多夫人留一张纸条——放在一个我们出发以后她才会发现的地方。”

冬表示同意。然后他从口袋里拿出一张纸。“我已经列好了要带的东西。”他说。他把纸递给莉娜，她从头看起。清单很长，上面写着：保暖的衣服、毛毯、蜡烛、火柴、干粮、水瓶……莉娜继续看着。

“你需要一个可以背在背上的包，”冬说，“你能做一个吗？”

“应该可以。”莉娜说。

“那我们三天后见，”冬说，“就在村北头，在沿河那条路往田野去的地方。”

“好的。”莉娜说。她还记得在微光城最后一天上学，当时冬惹怒了市长，他扔掉工作协议，大喊着说整座城市即将有灭顶之灾，必须马上采取措施。现在他没有喊叫，但眼神里有着同样的严肃和坚毅。

这时门开了，爱德华·帕克走了进来。“啊哈，”他说，“今天早上我多了个助手吗？”

冬说：“不，我只是跟莉娜说一会儿话，她马上就走了。”

“你们不想知道我的最新发现吗？”爱德华说。他从门口的一堆书里翻出一本，那书紫色的封皮有点皱。“昨天我看了这本书，”他说，“这是目前为止我看过的最奇怪的书之一。”他给他们看了一下书名：《著名童话故事》。“我从头到尾都看完了，”爱德华说，“但还是不太明白仙女是什么。就是人和昆虫的某种组合吧，我想。这里面的故事都是千奇百怪的。”

“比如呢？”莉娜盯着爱德华轻轻翻动的书页问。书里还有图片，如果不是正在和冬进行着重要的谈话，她很想把书拿过来看看。

“哦，”爱德华说，“大部分都是可怕的事情：人变成青蛙，或者沉睡千年，或者和巨蜥打斗。我怀疑这些事情是假的。但即使是假的，结局大多都不坏。几乎所有故事的最后一句话都是相同的：'他们从此幸福地生活着。'当然，这也不可能是真的。"

"这不可能吗？"莉娜说。这话在她听来很好：从此幸福。

冬在一旁不耐烦地点着脚。

"当然不可能，"爱德华说，"除非现在的这个世界与我们以前的那个完全不同。"

"莉娜，"冬说，"我想和你一起出去走走。"

"什么时候我可以借这本书看看吗？"莉娜问爱德华。他说当然可以。莉娜向他表示感谢，然后和冬出去了。

"那我们就三天后见了，"刚走出门冬就说，"我们要早早出发，是真正的早，要赶在大家起床之前。日出前你能到吗？"

"能。"莉娜说，一切都会顺利的，她告诉自己。我们只离开几天，不会有什么事情的。

让曼迪去给默多夫人帮忙并不难。找到曼迪时，她正在河边低着头慢慢走着。曼迪第一眼看上去有些吓人。她个子高大，不苟言笑，也不善言谈。但莉娜知道她其实是冷面热心肠，于是毫不犹豫地向她走过去。

曼迪今天披着一件绿色的斗篷，这让她看起来比平时更高大。她红褐色的头发乱糟糟地卷着，盖在脸颊两侧。听到莉娜的脚步声，她抬头看看，点点头打个招呼，然后继续做自己的事情。

"我正在采生菜，"莉娜问她在做什么时她回答说。她给莉娜看那满满一篮子的小圆叶子，“这对身体有好处，味道也不错。”

然后莉娜解释说自己想换个活儿做做，问曼迪是否愿意与她换几天，曼迪立刻同意了。“现在这里除了盖房子没什么别的事，”她说，“但我又不懂盖房子。”于是她们就这样定了：三天后，曼迪和莉娜交换工作岗位。

说服默多夫人有点难。她不明白莉娜为什么会选择在这个艰难时期走开。

默多夫人不停地忙碌着——戳炉火、扫门灰、拧干浸泡在桶里的衣服。“正因为现在是艰难时期，”莉娜一直跟在她后面说着，“所以我需要休息一下，曼迪也想换个工作。她会像我一样给你帮很多忙，甚至更多。”

“曼迪确实很能干。”默多夫人表示承认，刮掉桌上的蜡滴。

“而且也就两三天。”莉娜说。她向默多夫人投去恳求的目光，虽然她内心其实有一点想被阻止，这样她就不用出去冒险了。

但默多夫人同意了。既然没有了退路，莉娜只好开始做准备。接下来的三天里，她花了大量的时间做些尽量不为人知的事情。她借口累了，然后回到自己房间里做起针线活，用麻袋做了一个背包。她敏锐地观察着每个来往的人，趁清静的时候从橱柜里偷拿了些蜡烛和火柴。她共拿了十根火柴，希望非常善于续火的默多夫人不会注意到。

出发前两天的晚上，她写了张留言条给默多夫人：

我和冬回微光城了，去找些重要的东西。

我们计划周详，别担心。几天后就回来。

爱你的，莉娜

她把纸条折成小方块，埋在了厨房里一桶干豆子的中间位置。默多夫人会用这些豆子做汤，但在冬和莉娜回来之前她不可能用掉半桶豆子。

做完这些之后，她又过了一个辗转的不眠之夜。第二天清早，她背起沉甸甸的背包溜出了屋子，那包里装有冬清单上列的所有东西。这时天还黑着，没人从沉睡中被惊醒。途中她动作很快地去了趟厕所。这里的厕所在后院，臭烘烘的，挂满了蜘蛛网（在微光城，厕所在房子里面，从卧室出来走过大厅就到了）。然后她就径直上路了。漆黑的天空里闪着寥寥晨星，结满霜冻的地面被她踩得吱嘎作响。走到沿河小路的尽头时，她看到了一个模糊的身影。

那是冬，正在等着她。她加快脚步朝他走去。他背上也背着一个包，穿着那件旧的绿色夹克和一条黑色裤子，但身上也有一抹亮色——他脖子上围着一条橙色的围巾。不知为什么，这围巾让他看起来对这次探险更是胸有成竹。

“你来了。”冬低声说，尽管周围一个人也没有。

莉娜也低声说：“我来了。我想我已经准备好了。”

“那好，”冬说，“我们走！”

5.

翻山越岭

他们出发了，肩并肩走着。稀朗的星光足以照明，至少当他们走在大路上时是这样。没有月亮。月亮时不时总会消失，这次也一样。莉娜不清楚这是为什么。它从一条银线长成一个银圈，再缩回成一条银线，然后就不见了。而且反复如此。她曾问过海斯特医生，医生说："是因为地球的影子。"但那天医生非常忙。有个人被斧头弄伤了，她赶着去救助，飞身出门前就只说了这么一句。

夜色沉寂，除了他们走路的脚步声，什么声音也没有，连小鸟也还没起床唱歌。等天空稍亮了一点，可以看到路的左边站着光秃秃的黑色树枝，路的右边是绵延的田野，收获后枯萎的西红柿杆还散落在那里。

有一段时间莉娜和冬都没说话。他们稳步急行，直到走过最后一片田野和村里最遥远的房屋。每次呼吸时，莉娜都能感到寒冷的空气直往胸部涌去。她的鼻尖被冻得冰凉，耳朵也是。她把头上的针织帽子往下拉了拉。

这么早就外出，开始一次冒险的旅程，以及和冬一起摸黑大步前行，这一切都让莉娜很兴奋。但她仍然有一种不安的感觉，就像有什么东西在她的肚子里慢慢翻滚着。

过了一会儿，远山后面的天空先是褪成了较浅的黑色，然后更浅，然后变成了美丽的深蓝色。

“太阳要出来了。”莉娜说。

他们边走边看。一丝亮光出现在山的边缘，先是暗橙色，然后是亮黄色，最后金灿灿的太阳从躲藏的地方钻了出来，整个世界顿时一片光明。

莉娜深吸了一口气：“多美啊，不是吗，冬？即使在冬天，一切都变成了褐色和灰色，这里仍然很美丽。”

冬的目光越过草原，凝视着开始出现树的远方。“很美，”他说，“但难以居住。我在想，各地的生活都这么艰难吗？也许在世界上有些地方，那里的生活会好过一些。”

“那里的人们从此幸福地生活着。”莉娜说。她想起了爱德华给他们看的那本书。也许他们的这次远征会为星火村带来幸福。

冬用一只手在额前搭了个凉棚，眯起眼向上看着天空。“我们现在要往东北方向走，”他说，“往山那边走。还记得我们刚来这里时走过的那片南瓜地吗？就在那边。”

离开大路后，他们的行进就困难起来了。他们脚踩着大块的土坷垃，泥浆沾满了鞋。很快路开始向上倾斜，过了一会儿他们就来到了第一座山的顶部。

莉娜在这里站住了，转过身。“我们就是在这里第一次看到了村子，”她说，“还记得吗？”

他们一起往山下看着星火村。现在的它和九个月前他们第一次看到的时候很不一样。那时的山像覆盖着绿色的毯子，小小的村落在肥沃的田野旁看上去很静谧。而现在，田野光秃秃的，空中飘着缕缕白烟，房子和商店看上去挤在了一起，好像在依偎着相互取暖。

他们又走了很长时间，大约走了一个小时，或许更久。就快了，莉娜想，就快到我们从微光城出来后走的那条路了。那条路沿着一条小溪向前延伸。但他们却一直看不到那条路的影子——满眼只有棕灰色的枯草、灰绿色的橡树和落得不剩一片叶子的小树丛。

“我记得我们就是这样来的，”冬似乎看出了她的心思，“因为你看——尽管过了很久，仍然可以看到当时我们踏出的小路。”

他说得没错。虽然不是很清晰，但如果仔细看，就能发现一条又宽又长的路。那里的草不像别处那样趴着或者被风吹得东倒西歪，而是被几百只脚踏平了。它就像路的幽灵，蜿蜒着穿过这片原野。

他们就沿着这条路走。莉娜目不转睛地凝视着远处的一丛橡树，它们看上去有点像一只戴着连指手套的手。看着那些橡树慢慢变近，他们知道自己正在不断前进。

“那么，”莉娜说，“告诉我你从书里发现了什么吧。”

冬什么也没说，只像没听见一样皱着眉头看着地面，自顾自地走着。

于是莉娜提高声音又问了一遍:“冬！那本书给了你什么线索吗?”

冬叹了口气。“唉,其实也没有,”他说,“真希望当时能让那个搜宝者告诉我她是在哪儿找到那本书的。我不知道它是在微光城里面还是外面被发现的。”

“那你看出那本书上写的是什么了吗?”

“哦,是个什么东西的用法指南,我们知道的。但我还不能确定它究竟是什么。”

“你把书带来了吗?”

冬点点头:“麻烦的是,书里有许多页都丢了。从开头到四十七页都没了——都被撕掉了。”

“那第四十七页上是什么内容?”莉娜问道。

“只有四个字:‘技术信息’。”

“什么是‘技术’?”

“我想应该是困难的、复杂的、难懂的意思。”冬说。

“那么,其余几页上又有什么呢?”

“其中三页上有些图表、图型和表格,但我一点也看不懂,”冬说,“另外四页又破又脏,但多少我还看能懂一些。我通读了一遍,在一些像是线索的字下面画了线。等一下我拿给你看。”

“那些是有用的线索吗?”莉娜问,“能告诉我们要找什么吗？以及在哪里能找到?”

冬双眉微蹙看着远方。“嗯,某种程度上吧,”他说,“我的意思是，是的，我敢肯定其中的一些是有用的。”

莉娜沮丧地听着。“你的意思是，”她说，“事实上我们并不比三天前知道得更多？”

“还是多一点的。”冬说。

“那我们还要继续这次旅行吗？”

冬停下脚步转向她，脸上带着浅浅的笑容，说：“你后悔了？”

莉娜意识到她并不是真的后悔。只是在她的内心深处有一种不安的感觉，而冬刚才说的关于那本书的话让她感觉更糟了。但不管怎样，他们能独自走出来到这里，翻山越岭只为了去探寻一个秘密——即使这秘密永远无法被揭开——这事情本身已经很了不起了。“不，”她回了个微笑，“我很高兴能来。”

太阳显示差不多是中午了，于是他们停下来吃带来的第一餐，然后稍作休息后又继续赶路。在远处东方的高空中，几只黑翅大鸟在无声地盘旋着。

“看到那些鸟儿了吗？”莉娜用手指着它们，“肯尼说过，狼杀死了什么东西以后，鸟儿就赶来了。”

冬用手遮着阳光凝视天空：“我猜只要有什么东西死了，不管是否是被狼弄死的，它们都会来。”

莉娜点点头，思考着这个问题。对于她来说，动物相互残杀、疼痛、血淋淋的死亡，这些都太可怕了。她不明白为什么这个世界上充满了美丽和奇迹，同时也充满了那么多的恐怖。

“冬，”她说，“我刚想到个事情。可能——我的意思是，并不是所有人都离开了微光城。我们可能会发现……我们可能会碰到……”她停下来咽了口唾沫，继续说：“不会有人还活着在那里的，对吗？”

“估计不会，”冬说，“他们怎么在彻底的黑暗中找食物呢？而且，如果发电机已经停止工作，城里就不会再有水泵入了。”

“那么就可能有死人了。”

“我知道，”冬说，“我也考虑到了这一点。是很可怕，但我们要有心理准备。”

在那之后，他们又无声地走了一段时间，彼此心中都充满了忧郁。他们很清楚，那里不再是他们记忆中生机盎然、熟悉亲切的城市了。它可能已经是一座死城，而且里面可能有死尸。他们需要鼓起极大的勇气。

他们来到了另一座山的顶部，从那里可以看到一大片广阔的土地。“世界真是太大了。”莉娜说。

“是的，而且我们看到的才只是世界很小很小的一部分。”冬告诉莉娜，爱德华曾给他看过一本书里的一张地图。爱德华解释说（他是听村学校的老师说的），星火村只是代表整片区域的粉色图形中那一个微小的圆点，而那粉色的图形也仅仅是大到难以想象的世界中的一块陆地而已。“整个地图上都是字，”冬说，“是大灾难之前世界各地城市和城镇的名字。”

“你知道吗，”莉娜说，“在遥远的地方，一些人讲的语言和我们的完全不同。是海斯特医生告诉我的。”

“我知道，”冬说，“方舟里的一些书就是用其他语言写的。”

“很奇怪，不是吗？”莉娜说，“为什么他们要用别人不明白的语言呢？”

“我也不清楚，”冬说，“这世界有太多的秘密了。”

他们不停向前走着，莉娜的脚踝都被鞋子磨痛了。冬时而停下来看一些令他感兴趣的东西——有一次是一只在岩石上享受日光浴的蜥蜴，还有一次是一只黄黑相间的大甲虫。“快来看！”冬拿起甲虫，让它在自己的手上爬，“太美了！谁能想到会有这样的东西？”而莉娜只是尽快地绕过那些蜥蜴和甲虫，并向前紧走几步。刺骨的寒风刮了起来，她把帽子往下拽拽遮住耳朵。她觉得他们已经走了很远，但他们的目标还是没有一点影子。日光很快就要消退了，她有点害怕起来。

过了一小会儿，他们来到一条小溪边。从微光城逃难出来的时候，他们就是沿着这条小溪和旁边那条杂草丛生的坎坷的路一直走的。现在他们确信自己走的路线是正确的了。他们围着那里一块巨大的岩石转了一圈。那巨石如巨人的肩膀般高耸出地面，比周围的石头都要高大。“我记得走出微光城时见过这块石头，”莉娜说。“刚出发没多久就看到了。”

冬也记得是这样。“那我们应该快到了，”他说。

太阳沉得更低了，灰色的暮光笼罩着大地。夜晚就要来临了。想起家里温暖的厨房，莉娜打了个冷战。

大约十五分钟之后，他们来到一个地方并立刻认了出来。

“就是这儿!”莉娜叫道。她放下背包沿着山坡向前跑去，冬也跟着跑了过去。再次来到这里，再次看到山边这个曾经作为他们通往新世界之门的出口，这感觉真是太奇怪了。一切如旧，在他们面前的还是那个足以让一辆宽敞的马车穿过的黑黝黝的大岩洞。

他们往洞里张望了一下。他们从微光城出来以后，这里有人来过吗？如果有，也看不出任何痕迹。也许一个流浪汉偶尔在这里避过雨，也许一只动物有时在这里过夜。但是现在，他们能看到的只有这空空的洞穴，还有洞内那条通往深处并向下延伸的小路。

“试想当时，如果我们不是夏天而是冬天出来，”莉娜说，“如果那是个多云的夜晚，我们可能就看不到月亮或星星，不会看到碧绿的草地，身上也会很寒冷。”

“而且即使我们看到了狐狸，”冬说，“那时它的嘴里不会含有李子，我们也就不会知道用李子充饥。”

他们在洞口稍停了一会儿，回想着当初是多么幸运。接着冬又背起背包，莉娜也回去拿起了自己的包。

“现在，”冬说，“下一件事就是去山上找找，——去那边。”他用手指着——“找到那条能钻进去的小裂缝。”

找到那条裂缝并不难。第一次寻找它花费了很长时间，因为那时他们根本不知道要找什么。这次他们几乎直接奔了过去:那是一块有些低洼的地方,正通往山坡上那条狭窄的裂缝。

太阳已经落到了地平线上,再过几分钟天就完全黑了。

“我们进去看看,”冬说,“然后就扎营过夜。”

他们从包里取出蜡烛点起来,然后挤进那条裂缝,在那曲折蜿蜒的通道里缓慢地小步前行。他们的影子被烛光映在身后的岩壁上,通道里弥漫着寒冷潮湿的泥土气息。

“我想大概是那儿,”走在前面的莉娜说,“没错——这里就是边缘了。”

在她手里烛光的照耀下,他们看到正前方是一块地面断层的边缘。她的手往后拉住冬的手,冬走上来站在她身边。当时他们就是站在这里把消息传递给了他们将要消亡的城市——正是那消息救了微光城的城民。莉娜还清楚地记得她把那个包裹丢下去时的感受——那张纸被冬的衬衫包着,又系了块石头用来加重——她使出浑身力气尽可能把它抛得远远的。那时,他们还能看到下方远处微光城里的灯光。而现在,下面只有一片深深的黑暗。

“等一下,”冬说,“我想……”

“我也是,”莉娜说,“那看上去像……”

冬压低声音对她耳语道:“先把蜡烛吹灭。”

他们这样做了,然后再低头向下看。一点没错。就在城中心的某个地方,正闪着一道昏暗的橙色的光芒。

6.

城里的光

他们在那里站了很久，一直盯着那亮光看，时而眨眨眼再看看，以确保没看错。他们的蜡烛被吹灭了，周围除了远处的那一点光就只有一片黑暗，他们甚至看不到对方的脸。但他们越往下看就越肯定：微光城里有一道光。

“还有人在那里。”冬低声说。

“也许没人，”莉娜说，“也许是剩下的一点电，或者只是一盏街灯还亮着。”

他们又盯着那光看了几分钟，心里猜测着。冬小心地跪下来，伸出一只手摸着悬崖的边。

“这崖壁似乎是笔直往下的，”他说，“但我也说不准。”

“往下去要走很长的路，”莉娜说，“不知道我们有没有可能到那里。”

“我们必须到，”冬说，“既然看到了光，我们就必须知道它是什么。”莉娜听见他猛吸了一口气。“哦！”他说，“这可能就是那本书里写的！某个发亮的东西！我们必须查清楚。一定有办法能下去。”

“明天再说吧，”莉娜说。走了整整一天，她已经疲惫不堪。她知道冬也累了，尽管他可能不愿意承认。

他们沿通道返回，走出裂缝，来到了逐渐消逝的余晖中。他们的身影被夕阳拽得长长的，像印在地上的细长的手指。慢慢地，星星出来了，冬和莉娜都抬头仰望着。由于一直生活在微光城那一成不变的黑暗天空下，他们至今仍然对满天星光充满了好奇。

“看那颗，”莉娜指着天空说。那颗星比其他的都大，正在缓慢而稳定地移动着。它的光不是白色的，而是有点发绿。

“一颗移动的星星，”冬说，“一定就是搜宝者说的那颗。爱德华有一本关于星星的书，回去后我要查一下。”

他们绕过山坡，来到了那个开在山壁上的黑暗的洞口。

在山洞里面，靠后的地面多少干燥一些。他们在那里把毯子铺开。那是一个光线昏暗的地方——四周的洞壁上渗出湿气，莉娜能感觉到身后隧道散发出的阵阵寒意。那隧道一直深入地下，通往那条他们走出微光城路过的地下河。

冬正在泥土里挖一个浅坑，想在里面升起火，这样能让他们暖和一点。“我去找些引火的东西，”莉娜说。这时天已经黑透了，她伸手去包里想找火柴点蜡烛，但被冬拦住了。

“喏，”他说，“用这个。我们要尽量节省蜡烛和火柴。”他从他的背包里拿出一个小发电机，那是他在夏末用一块磁石、一些电线和一个曲柄摇把做成的。他还在上面加了一个从先锋楼的旧灯具里取来的灯座，又在上面拧了只灯泡。“虽然你要不停地摇把手，”他说着把发电机递给她，“但它的光比蜡烛强。”

莉娜笑了起来。她以前见它工作过一次，差点把它忘了。她摇动把手，灯泡发光了，洞穴变得明亮温馨起来。“太棒了。”她说。她放下发电机，把布袋绑在腰上，这样就把双手腾了出来。她走出山洞来到黑暗中，朝洞口左侧的那片小树林走去，边走边摇着小发电机的把手。小发电机发出的光足以让她看到前方几英尺远。走进树林后，发电机的灯光帮她发现了隐藏在落叶中的树枝，避免了失足踏入满是荆棘的灌木丛或者绊倒在高低不平的地面上。每当发现可以引火的干柴棒，她就停止摇把手，弯腰把它们捡起来扔进袋子里。随着摇把速度的放缓灯光会变暗，但如果她动作够快，光就不会熄灭。

要找到干柴可不容易，因为它们大多被盖在湿漉漉的落叶下面。她认为最好的办法就是直接从树上折些枯的小树枝。她又往树林深处走了走，一边走一边向后看着，以免忘记回去的路。

有一次她停了下来，吓了一大跳。她觉得她的灯光从前面的什么东西上反射了回来。那是动物的眼睛吗？她想到了狼。有人告诉过她，狼的眼睛是黄色的。

难道有狼潜伏在这里，正伺机向她扑过来？她站了一会儿，侧耳听着，但没有听到任何声音。为了防止意外，她决定走出树林。再说她捡的柴火也够用了。她匆忙返回了营地。

“我看到那里有闪光的东西，”她对冬说，“会不会是狼眼睛反射出来的光？”

“可能是，”冬说，“但很多东西都会反光，比如金属片、旧玻璃瓶之类。”

“估计不是狼，”莉娜说着放下她的柴火袋，“因为那东西一点声音也没有，一动不动的，好像没打算要吃掉我。”

他们开始生火。他们把火堆在洞口附近，好让烟冒出去。在跳跃的火焰旁，他们吃着分量有限的晚餐。除了火堆发出的噼啪声，夜静悄悄的——直到他们听见远处传来一阵微弱但尖锐的叫声，接着传来更多叫声，此起彼伏交织成了一首凄厉的夜曲。

“是夜鸟吗？”冬说。

“不，我想是狼，”莉娜说，“肯尼告诉过我狼会唱歌。”

他们继续听着，但那些叫声很快就消失了。

“这倒提醒了我，”冬说，“让我把肯尼教给我的本事露一手给你看。”他走到洞外，从地上摘起一片厚实的草叶，用双手的拇指与食指把它夹住。然后他使劲吹那片叶子，忽地发出一声刺耳的巨响，里面夹杂着粗犷和尖锐，响声直冲云霄。莉娜先是被吓得跳脚，然后大笑起来：“是怎么做的？”

冬演示给她看：“肯尼说这是驱狼口哨。只需要一片草叶子。”

他们开始练习做口哨，又吹了一阵子那震耳欲聋的声音。然后，借着小发电机的灯光，冬把他从那八页书中发现的线索读给莉娜听。

“这里，第六十一页，”他说，“是关于距离的。‘九千多万英里’，书上这样写着。但不知道一英里有多长。”

“即使一英里很短，九千万英里听起来也是很长的了，”莉娜说，“最好这不意味着我们得走九千万英里。”

“在同一页上，”冬说，“还提到了一码方形的院子。大概是一个每边都一码长的空间——或者可能是一个正方形院子。这里写着‘方院子接收’，但后面的句子被污点盖住了，我只能看清两个词：‘宝石’和‘第二’。”

莉娜从他的肩上看过去。“但他们把‘宝石’拼错了，’她说，“不应该是 j-o-u-l-e。”

“这是一份古老的文件，”冬说，“可能那时候词的拼法不一样。”借着不稳定的灯光，冬眯起眼看着那张污迹斑斑的书页。

“还有，第六十五页，”他接着说，“上面有半个句子：‘有些是积极的，有些是消极的……’然后，‘……失去，得到，或者分享它们，就创造了……’所以这可能关于对事物积极或消极的看法，或者关于分享……”他的声音低了下去。

“可能吧，”莉娜说，“但也没什么帮助。”

“听听这个，”冬说着翻到已经被撕掉一半的下一页，“这里写着，‘……很多小洞，有各种尺寸和形状，相互连接着……’”他抬起头得意地看着莉娜，说：“这让你想到了什么？”

“一个小洞就是一个房间，是吗？”她说，“就像微光城牢房里的小洞。相互连接——听起来像储藏室。”

“是的！”冬说，“我想可能是的。”

“好吧，”莉娜说，“至少我们有了一点进展。”但她只觉得稍微有了点安慰。难道他们到这里来是为了在某人的院子里找宝石？或者为了在那些储藏室里没完没了地翻腾宝石？可她对宝石从来不感兴趣。在微光城，宝石被用作个人装饰。有些人在脖子上绕根线，上面挂着几个被磨光的玻璃球，或者在手腕上戴着闪亮的金属镯子。在星火村，她见过宝石被戴在公牛的脖子上，偶尔搜宝者也会带来所谓的古代宝石，也只不过是些用丝线串在一起的漂亮石头。没人对它们有多狂热的爱好。但她想它们也许可以用来做交易。

该睡觉了。黑夜漫长寒冷，地面冰冷坚硬，但至少没有动物或别人打扰他们。第二天，第一道晨光刚刚出现，他们就起身收拾东西，准备去研究通往微光城的路。

他们再一次站在那块悬崖的边缘向下看。前一天晚上看到的光还在那里，暗淡，但是很清楚。

“那光真奇怪，”冬说，“我想它一定和那本书有关。不管它是什么，但已经有人发现了。”

“也许吧，”莉娜说，“可是那些人为什么要和它一起留在微光城呢？为什么不把它带出去呢？”

“因为他们被困住了，”冬说，他的声音开始兴奋起来，“大概他们没听说过有出去的路。”他把他随身带进山洞的小发电机递给莉娜。“你来摇把好吗？”他说，“我想试着看看这悬崖有多陡。”莉娜随身还带了一支蜡烛以备不时之需；因为蜡烛太长，从她的后兜里露出了大半截。

冬先小心翼翼地跪下，然后完全趴到地上，这样他的头刚好从悬崖边露出来。莉娜壮起胆子尽可能远地伸出双手，一手拿着发电机，一手摇着它的曲柄。冬借着灯光往下面看了看。本来他希望悬崖壁不像看上去那样陡，这样他们就可能走或滑下去。他还幻想很久以前的微光城建筑者曾在悬崖表面挖过一些阶梯，或者留下了梯子之类的。但据他目前所看到的，悬崖的峭壁光秃而垂直。从这里进入城市的唯一方法应该是用一根很长的粗绳子吊下去——或者要把许多长绳子接在一起，因为这里离下面的城市太远了。绳子得固定在悬崖顶端——可能要把一个结实的东西钉在地上，再把绳子绑在上面。也许还可以搭个滑轮架把下面的东西运上来。但这些都太难了。

冬叹口气站了起来。“我不知道，”他说，“我不确定应该怎么做。要下到城里去真的很难，从下面再返回上面更难。”

“如果我们能飞下去就好了。”莉娜说。

他们又站了几分钟。莉娜停止摇动发电机，他们凝视着下方老家里的那道暗淡的、摇摆不定的光。然后冬转身从通道去了外面。

莉娜也准备跟着出去。正转身时,从她后兜里伸出来的蜡烛碰到了洞穴的岩壁,跌落了下来。哦,不,她想。她以为蜡烛已经从悬崖边掉下去了——但她摇起发电机后低头一看,发现蜡烛就在离她脚不远的地方。它正在慢慢滚动着,但不是往悬崖断口处去而是往侧边滚去。

她背朝着洞壁,沿悬崖边向蜡烛迈进一步。蜡烛又滚得远了一点,她就再向前一步——这时她看见悬崖边也在伸展:它并不仅是从通道入口到通道尽头的那一小截;崖边在往左面伸展,洞壁和峭崖夹构成了一条狭窄的小路。灯泡的亮光让她看不到前面很远,但似乎那条小路是倾斜向下的,可能一直蜿蜒到底部。她放开发电机的把手,趁灯没灭的时候迅速弯腰捡起了蜡烛。然后她转身匆匆穿过通道走到外面,看到冬正开始沿着山坡往下走。"有一条小路,"她气喘吁吁地说,"通往下面。"

那是一条陡峭的路,崎岖又狭窄。他们一手扶着路旁的洞壁,极其小心地沿着它一点点向下走。他们点起蜡烛照路,这里没办法双手抱着发电机。起初他们只想走一小段,看这条路是否继续向前。但走了几分钟后,他们觉得这条路可能真的会带他们到达底下的城市。

"这条路能走,"冬说,"肯定没错。我们得回去拿包。"

他们回去拿包了。他们扔掉所有不必带的东西,留下的主要是蜡烛和火柴。本来他们每人带了十根火柴,到现在为止已经用掉了莉娜的两根。冬带上了他的发电机。莉娜带上了冬父亲找到并送给她的一些纸和一截铅笔头，因为说不定什么时候可能需要画点什么或写个纸条。他们每人都拿了一个星火村特制的灵巧的皮革水壶，上面有一个插栓和一根皮带，可以直接挂在腰带上。他们把其余的物品卷到毯子里藏在岩石之间。然后再一次，他们每人拿着根蜡烛，穿过狭窄的通道，开始沿着那条小路往下走。

路很不好走。黑暗中他们分辨不出这条路是人工开凿还是自然形成的。有些路段已经崩塌，他们不得不跨过缺口；有些地方被崩落的岩石挡住，他们只好从岩石上爬过去。虽然看不见，但是他们知道，自己离跌落悬崖中那永无止尽的黑暗只有几寸之遥。尽管让人害怕，但他们不愿转身回去，因为这条路毕竟在一直通往下面。

路很曲折——他们往往朝着一个方向走了很远，然后一个大转弯，又往另一个方向走很久。莉娜想象着从下往上看时这条路的样子——是在岩壁上迂回交叉的大大的“之”字。也许此刻就有人在下面，正看着他们的两个光点慢慢向下移动。

渐渐地，原本在远处城市的光亮变近了。他们不时停下来，双手护着烛光往下方的深处看看。过了大约一个小时，他们不得不停下来点亮新的蜡烛。他们之所以知道已经过去了一小时，是因为冬在出发前就计算过一支蜡烛烧完需要多长时间。这样他们可以把蜡烛作钟表用——每短两英寸，就意味着蜡烛燃烧了大约十五分钟。每支蜡烛约有八英寸长，可燃烧约一个小时。他们手里的蜡烛已经烧得太短，拿不住了。他们停下来从包里取出两支新的点燃，再一步步小心地继续往下走。

然后，走在前面的冬惊讶地叫了一声。“路到头了！”他说，“我到洞底了。”

莉娜从他后面走上前来，两人肩并肩站在那里，手里昏暗的橙色烛光照在彼此的脸上。低头向下看，他们脚下是光秃秃的地面，上面凹凸不平地布满了小石块和鹅卵石。

“你能相信吗？”冬说，“我们到未知区域了。”

“而且要去微光城了，”莉娜说，“它就在那里。”

透过无尽的黑暗，她看见那一线微弱的光亮还在摇曳着。他们开始向那光亮走去。

7.
灾难

他们紧靠在一起慢慢走着，每走一步之前都仔细地观察四周，以防突然掉进深坑或者遇到人们经常谈论的噩梦般的野兽。冬现在开始用发电机了，他的手一直在迅速地摇动着手柄。莉娜举着一根蜡烛走在他身旁。他们的光圈范围比蜡烛的稍大些，但也只能看到散落着石块和鹅卵石的沙黄色地面，以及地上偶尔要抬脚跨过去的裂缝或凸起。

“这里有垃圾。”走了一会儿莉娜说，用脚指着一只空罐头盒。再走几步远又有一只空罐头盒，不远处还有一个破罐子，“这些东西怎么会到这里来的？”

“我猜是老鼠干的，”冬说，“一定是它们从垃圾堆里拖出来的。”

因为他们现在不再是从上方俯视，而是和城市在同一水平面上，所以看到的光亮不再是一个点，而成了一种背景光，映亮了一些建筑物的边缘和拐角。而且只有在他们偶尔停下来，冬停止摇动发电机时才能看到那光，因为眼前发电机上灯泡的光亮让他们看不到远处微弱的光。幸亏这城市里还有光，莉娜想。如果到处是一片黑暗，他们就无法知道城市的方位；他们可能要在未知区域摸很久才能找到正确的方向。事实上，直到后来真的差点撞到一栋楼房，他们才确信自己走对了。

他们一步一步向前走着，手里的光让他们只能看到几英尺远。突然，脚前方被照亮的地面不见了，只有一片黑暗。

他们先是疑惑地停下脚步，然后冬趴下来一寸寸地试探着向前匍匐。莉娜听见他倒吸了一口气，然后说："哦，不。"

"怎么了？"

"前面没路了，"冬说，"路就到这儿。我们正站在什么边上……我不知道是一个洞还是一个深渊。"

莉娜向前走了几步站在他旁边，低头往下看。他们的鞋尖正对着一片空荡荡的黑暗。她无法辨出那黑洞有多深或多宽，他们的光只能照到脚下面和前面的几英尺，除此之外什么也看不见。

"我们得绕过去。"冬说，"可不能掉下去。"

"绝对不能。"莉娜有点战栗。

"从左边试试。"冬说。

他们转过身，小心翼翼地沿着那黑洞的边缘向左走。几分钟过去了，又是几分钟过去了，他们仍然在围着那片黑暗的空洞一直走着。

"这不是一个洞，"最后冬说，"是一道壕沟。"他想了一会儿，说："可能是环城沟。"

“围成了一个圈，”莉娜说，“为了防止人们离开。”

想到这里他们停了下来。莉娜回想起她一直听到的某种传言——那些到未知区域的人再也没有回来。他们可能就在这下面——只剩下了骸骨。

“只能回去了，”她说，“我们没办法跨过这道沟。”

“要是能知道它有多宽就好了，”冬说，“如果只是深但不是很宽，也许我们可以过去。”

“怎么过去？”莉娜问，“跳过去吗？”她这是玩笑话，但冬并没有笑。

他说：“你不是带了些纸吗？”

“是啊。”

“能给我两张吗？”冬问，“我有一个主意。”

莉娜从包里抽出两张纸递给他。冬弯下腰到处看，直到在地上找到一块小石头。他用纸包住那块石头，再将纸包放在莉娜的蜡烛上点着火，然后迅速把它往深渊的上方扔出去。那燃烧的纸包先是飞起来，然后往下掉，越掉越远，直到在他们脚下很远的地方轻微地碰了一下，然后就熄灭了。

“再试一次，”冬说，“我再使大点劲扔。”

他又点燃了一个小纸包，用尽他所有的力气往前扔。这一次，纸包飞出一道长弧线，然后落在了和他们所站之处同一水平面的地方。在莉娜看起来，对面距离大概有十英尺远。“这是一道很深的沟，”冬说，“但并不太宽。”

“那我们也跨不过去，”莉娜说，“只能打道回府。”

于是他们沿着沟边往后退。壕沟就在他们的一侧。莉娜强迫自己不去想那些可怕的画面：老鼠从下面爬上沟边，还有其他比老鼠更吓人的动物……“我们走快点吧，”她说。

他们回到了刚开始出发的地方，认出了那里地上堆的垃圾。“从这里我们就可以返回那条小路，”冬说，“但我不想放弃，毕竟我们已经走这么远了。”

“我们只能回去，”莉娜说，“否则只会在这里一圈又一圈地绕着，永远也进不了城。”

“不一定啊。我们再稍微走得远一点，万一有什么发现呢。”

只再走了几步他们就看到了路。有两块厚木板伸过了那道壕沟。

“有人搭了一座桥。”冬说。

但这桥并不让人放心：狭窄，松垂，没有钉子固定，颤悠悠地伸入黑暗中，垂直下方就是看不见的万丈深渊。可是，桥的那边就是微光城。

“要试试吗？”冬问道。

莉娜只是点点头。她没有信心开口说话。

冬把发电机放回包里，借莉娜的烛火点燃了另一支蜡烛，然后他开始过桥。每走一步他都停顿一下往前看看，但不往下看。木板在他脚下吱吱作响。莉娜屏住呼吸，好像如果她用力呼吸就可能使得冬失去平衡。冬的烛光越来越远了，很快他就从对面转身朝着莉娜。“你可以做到的！”他喊道，“并不难！”

她迈出了脚步。她只盯着自己的脚——一步，又一步。脚下的桥板微微颤抖着。还好看不到下面的沟有多深，她想。就快到了，冬就站在前方。如果在最后一刻她的眼神没有偏移，也没有正巧瞥见一片白色，什么问题也没有。尽管并不想，但她还是转脸去看了：就在她的正下方，在那深坑的斜坡上，散落着一堆苍白的棒子——是人骨。

她双膝一软跪了下来。蜡烛掉进坑里，熄灭了。她完全动弹不得，只能用双手紧紧抓住桥板。

“别动！”冬喊道，“我来了！”

她等待着，浑身的肌肉都绷得紧紧的。不一会儿，冬来到了她的面前。她抓住他的手站起身，拖着颤抖的双腿，跟着他一直走到桥的尽头。

“你还好吗？”冬问。

她点点头，但仍然感到晕眩。她知道那些人早已逝去。她知道微光城的死者都被运往了废物堆放点，有首《告别歌》就是专门为他们而唱，他们的尸体被留给老鼠和蛆虫处理。微光城的每个人都知道这些。但想到那些跌落黑暗后在恐惧中孤独死去的人，那感觉很不一样。“我们走吧，”她说，“我想离开这儿。”

于是他们匆匆向前走，只用冬的蜡烛照路。离城市的那道光已经很近了。

“你闻到什么了吗？”莉娜问。

冬吸了吸鼻子：“是的。像是烟味。”

“难道有房子起火了？”莉娜猜测着。

“我不知道，”冬说，“希望不是。”

他们继续向前走。尽管烟味越来越浓，那橙色的光却一直忽明忽暗地亮在那里。

一堵墙突然出现在了前面不到五英尺的地方，这时他们意识到自己已经到达了微光城。烛光不再在他们脚下照出一个光圈，而似乎是折过来弯到了最远那堵墙上的边缘。再近前几步，他们的手便可以摸到墙上冰凉的石头。冬举高蜡烛，想看看这是个什么建筑——但一点线索也没有。在微光城，所有建筑在面朝未知区域的那一侧都只有墙，没有窗也没有门。

他们一手扶着墙，一路摸索着来到了一处角落。莉娜试着在那里寻找路标，很快她就找到了——一根顶端印着矩形小标牌的灯柱。“幽深街，”她读出来，这时整个城市的各个位置在她的脑海里都对上了号。

“我们在城北边——在远水广场上。看，这是一个灯柱子。”冬的蜡烛照亮了灯柱的底部，但灯柱的上方，那个曾经闪耀着一个巨大灯泡的地方，却是漆黑一片。在幽深街和如墨街的拐角交界处，不知为何放着一把白色的旧扶手椅。也许是有人把它作为垃圾丢在那里的,虽然在莉娜看来它还很结实。

“好了,”冬说,“现在我们首先要找到那光来自哪里。”莉娜拿出一根蜡烛,凑在冬的烛火上点燃了。她想尽可能看清楚所有的东西。

他们沿着如墨街向前走,冬在前,莉娜跟着后面。重返老城让莉娜感觉既奇怪又激动。烛光只照亮了她身边很小的区域,但其余的都在她的记忆中。

这里是微光城众多的旧服装店之一,是撒蒙·格罗尔开的。这里是集市,她在里面买过很多次萝卜、甜菜和婴儿食品。这里是一位收集琴弦的老人的房子,她曾经往这里送过信。一切都那么熟悉,却又如此陌生,因为现在这里只有寂静和空旷:这些石头房子旁不再有匆匆走过的行人,固定在建筑物檐口的大路灯也不再发出黄色的光芒。莉娜的烛光在黑暗中闪烁着,映出商店的橱窗,落入敞开的门廊,照亮楼梯的底阶——那里偶尔会有一只袜子或一条围巾,是当时慌忙离城时不知被谁丢掉的。莉娜边走边凝视着看到的一切,辨认着、回忆着。

到克拉夫广场时,她已经落在冬后面很长一段距离。她发现他也陶醉在回忆中,因为他好像并没注意到她不在附近。她加快脚步想赶上,他们不能走散。但当来到信使站时,她忍不住再次停了下来。

这里是她的第一份工作，是她第一天上班的地方。她是在毕业离校的那天被分配过来的。当时她领了一件红外套，被告知相关工作守则，然后就出发了——她在城里走街串巷，到处递送信件。她喜欢信使这个工作。现在她看着这个空荡荡的地方，门旁还摆着一条长凳，上面搭着两件红外套。

她心中顿时涌起一阵忧伤。她转头不再看，朝着前方冬的微弱烛光赶过去。

就在这时，她突然听到一声叫喊。是冬的声音——他在说什么？她愣住了，站定脚步仔细去听，又是一声叫喊："不！不！"同时还伴有其他人的声音。真的还有人在这里。但那些声音在莉娜听来不像是友好的问候。

她开始向前跑——但她跑得太快了，没跑几步气流就吹灭了她的蜡烛。

她只有停下来。她原地不动站着(她估摸着这里大概是灰石街和穿墙街的交叉口)，一边盯着远处微弱的光(现在看起来那似乎是两根蜡烛发出的)，一边侧耳听着。粗哑的咆哮声和怒骂声掺杂在一起，她听不清他们在说什么。但冬的声音很高很清晰。"放开我！"他喊道。

恐惧让莉娜手脚发软。但当她看到烛光越来越弱，听到声音越来越远时，她知道自己必须向前走。她要跟着冬，她不能失去他。她不得不跑起来；她手里的蜡烛已经灭了，唯一的光来自前面很远的地方，是抓走冬的人手里的烛光和他们身后昏暗的光晕。她弯下腰，迅速脱掉鞋子塞进背包。只穿袜子行动，她的声音会小很多。然后她眼睛盯着前方隐约的烛光，一只手向前伸着，一边摸索着墙开始跑了起来。

冬的声音再次响起："我真的是一个人！只有我自己！"

莉娜明白了。冬的意思是不要让他们看到你。这是冬的暗示。有人抓住了他，她不能也搭进去。

奔跑的时候她不断回想着记忆中的微光城地图。现在是在集会大厅后面，右边是罗敏街。她几乎不让自己呼吸，担心被那些人听到。脚下什么也看不见，她只是拼命地跑着，很快就靠近了那些声音和移动的烛光。但靠得有点太近了，她不能就跑到他们身后跟着。她得想办法赶到他们前面，找一个可以观察的隐蔽的地方，看看那些人是谁以及他们是怎样处置冬的。

于是她转身沿着集会大厅的后部走。如果走得够快，她可以躲在监狱房拐角处的一个垃圾箱后面，看看他们出来后是往哈肯广场走还是往别的地方去。其实她一直觉得自己的路摸得不太准——她很清楚，完全的黑暗会模糊她脑海中的地图。但等确保那些人看不见她，她就可以重新点起蜡烛。她蹑手蹑脚地朝前走，转过集会大厅的拐角，躲在那个垃圾箱的后面。这里的亮光比之前的都强，烟味也更加浓烈了。

停下来不跑的时候，莉娜才意识到自己浑身都在发抖。一切发生得太突然了。他们的计划，本来进行得好好的，一瞬间就被改变了。现在怎么办？现在怎么办？

仿佛在回答她的问题，冬的声音再次穿透了黑暗。他现在离她有点远，话听得不太清楚，但是她认为听到的是："离开！回家！求——"这里他停顿了一下，然后她听到"救！"这是给她的信号吗？他是叫她回家求救吗？她也不确定。

她一点一点地小心向前移动着，从垃圾箱的后面往外看去。很快她就看见了他们：在哈肯广场较远的一侧，两个男人把冬夹在中间，分别紧紧抓住他的一条胳膊。在广场中央，刺眼的亮光让她眯起了眼，那正是他们曾从上面看到过的橙色光芒。它其实是一堆火。

莉娜第一次到星火村时曾经被燃烧的火焰吓倒，但后来她已经不害怕了。她已经习惯了火的存在，至少习惯了那种对人类有帮助的火，那种能让你做饭和取暖的火。但现在在她面前的是一大堆野火，在人行道上肆意燃烧着，有的地方火焰冲天，有的地方火苗零星。那摇摆不定的橙色火光照亮了整个哈肯广场、仍挂有旧海报的小卖部和集会大厅宽阔的台阶——也照亮了在火堆边来回走动的三个人影：一个大些，两个小些。

莉娜正看着，那三人中个子最高的弯下腰，一只手捡起什么扔进了火堆。那东西掉进火堆时，莉娜看到了纸页扑动的黑影。是一些纸，她想。事实上，她敢肯定——是一本书。

8.
囚犯

后来冬回想起那两个男人出现的可怕时刻，他很庆幸两件事：第一，莉娜当时落在后面，所以只有他被俘；第二，就在此之前，因为背包带压得他肩痛，他刚把背包取下来准备调整一下，就看到那两个男人，而他吓得手一松，把背包丢下了。

当时他刚拐过罗敏街，那两个人就突然闪到了他的前面。先是一个，紧接着是另一个，两个黑影先后从一扇门里出来，每人都带着一个照明物，都背着包一类的东西。

他的第一反应是向他们打招呼。他向前走几步大喊一声，那两人听到声音后急忙回转身。冬看见他们似乎把灯戴在了头上，其中一个人矮而粗壮，另一个人稍高但是很瘦。除此之外他就看不清楚了，不知道他们是否是他认识的人。

"你们好！"他说着朝他们走去，"你们是谁？"

但那两个人只是安静地站着。冬盯着他们，想看一下他们的脸。他们为什么不回答呢？随后，其中一个向另一个嘀咕了句什么，然后他们扔下背包猛地扑向他。冬踉跄着往后退，想要转身离开，但动作太慢了。他的右手臂已经被抓住，然后是左手臂，不管怎样扭动挣扎，他一直被牢牢控制着。他大叫着："不！不！"他的蜡烛掉到人行道上，熄灭了。

即使到了他们身边，冬仍然看不清抓住他的这两个人——只知道是两个蓬乱邋遢的黑影，浑身散发着臭气，顶着似乎是从额头长出来的灯。他们的手像钢条一样紧紧箍住他的上臂。左边那个人开口了。"现在的问题，"他说，"不是我们是谁，而是你是谁？你是个入侵者。"

冬再次试图挣脱他们。"放开我！"他喊道。但这两个人力气很大，尽管并不比他高多少。

"别乱动，"右边那个人说，"否则我们会扭断你的胳膊。"

"闭嘴，约里克，你这个笨蛋，"左边那人说，"我们谁的胳膊也不扭断。只要这样架着他往前走，让他安静就行了。"

冬立刻知道这两个都不是微光城民。尽管他并不认识老城的每个居民，但他知道老城里没人像他们这样说话，也没有他们那种灯。现在他看到，他们头上戴的是灯笼一样的东西——帽子前面立了根管子，管子里点着一支蜡烛，就像顶着一个发光的犄角。烛光从上向下照着，光影把他们的脸映得很古怪，但冬能看出，矮一点的人年龄稍长，毛发也更蓬乱，而那高个子的鼻子底下要么是留着一撮小胡子，要么是一块阴影。

在被拖着往前走时，冬的脑子急速转动着。他张开口想喊莉娜来帮忙，又立刻闭上了。不行，他不能让那些人知道她在这里。只要不被抓住，她就能帮助他。

“这是我们的地盘，孩子，”左边那个年长的人说，“我们管理这个地方，绝不允许有入侵者或观光者。你必须为自己解释一下。”

“一定有人跟他一起来，爸。”右边的人说。他嗓门很大，声音里充满了不耐烦，“一个小孩不可能一个人跑到这种地方。”他狠狠掐了一下冬的手臂。

冬叫喊起来。

“不要伤害他，约里克，你这个糊涂蛋。”那个被称作“爸”的人说，“我们可以利用他，不要让他残废了。”他拽了拽冬的另一条手臂，“谁跟你一起来的，孩子？我们知道你不可能一个人来。”

“我真的是一个人来的！只有我自己！”冬用最大的声音喊着，希望莉娜能听到不要跑来救他。“藏好了，”他在心中对她说，“要帮助我，但别让他们看到你。”

“没必要大喊，”年长的男人说，“我们又不是聋子。”

但冬急切地想让莉娜知道她不可以跟在他后面，以她的力气根本救不了他，她只会同样被捉住。她应该回星火村寻求帮助。不管怎样，他得告诉她。他现在只能想到一个办法。

他们拐到了奥特维尔街。冬装作痛苦得发狂，不停地拉扯着、扭动着，还大声地喊叫。“**离开**我！”他把前两个字喊得声音最大。“我要**回家**！**求**你们把手拿开。**救**命！”他希望莉娜听到的是“**离开**！

回家！求救！”这是他能做到的最好了。

他停止了挣扎。那两个人把他比之前抓得更紧了。“使什么招都没有用，”年长的那个说，“你只会把自己弄得筋疲力尽。”

他们走进了哈肯广场，眼前的景象让冬目瞪口呆。这里是世界上他最熟悉的地方之一，现在却发生了翻天覆地的变化。

他们之前在上面看见的光亮显然和那八页纸的书完全无关。那只是一堆火，正在广场正中央熊熊燃烧着，冒出一阵阵轻烟。在广场一角搭起了一处类似起居室的住所，里面放有一张餐桌、几把扶手椅和几块毯子，外面的地上有一只装满水的洗衣盆和一些凌乱扔着的空的坛坛罐罐。在这片居住区域周围是成堆的包裹和盒子，里面的一些罐子冬觉得很眼熟——他认出那是腌甜菜、土豆粉和干紫豆。这就是说，至少还有一些食物留在城里，甚至比他预想的还多。有三个人正在火堆旁穿梭忙碌。

借着火光，冬终于看清逮住他的人了。左边年长的那个壮得像一堆砖块——宽阔的肩膀，结实的胸膛，粗壮的脖子，以及和身体比例不太相称的大头。他浑身布满了浓密的铁锈红毛发——蜡烛帽下盖着乱草一样的头发，整个下半张脸都长满了蓬乱的胡须，耳朵和鼻孔里也有毛伸出来，眉毛则像悬在眼睛上方的一个茅草屋檐。

年轻点的那个高一些、瘦一些，一双焦虑不安的小眼睛不停地东张西望。他确实留着一撮小胡子，下巴上还长有一片勉强算是络腮胡的褐色毛发。两人身上都很难闻，散发着那种很长时间没洗衣服的气味，一种脏兮兮的汗渍气味。

“看我们发现了什么！”年轻一点的那个对广场上的其他人喊了一声，“抓住了一个入侵者！”

“我不是入侵者。”冬说。他再次想要挣脱，但只被抓得更紧。

其他人都凑过来打量着他。他们头上都戴着蜡烛帽。其中一个女人穿着黑色衣服，油腻的黑发紧贴在头顶。她用小而悲伤的眼睛看了看他。“啊，老天爷啊，”她说，“麻烦来了。乖女儿，快到妈妈这边来。”

一个看起来与冬年纪相仿的女孩走过来站在她妈妈身边。她长着宽阔的肩膀和锈红色的头发，很像那个年长的男人。她瞥了冬一眼，咧开嘴笑着。她的手里有一把长叉——她用它戳了一下冬的腿。

“喏，孩子，”冬左边的那个人说，“你闯入了乔格家的领地，这家人就在你面前。我，华士顿·乔格，大名鼎鼎的乔格，是这个家的家主。我老婆，米妮。我儿子，约里克，还有我女儿，堪扎。”

他们的后面还躲着什么人——好像是一个男孩，冬想，但他也不确定。他看上去不像是乔格家的成员；他的头发卷曲而苍白，像一把肥皂泡泡，而且看上去单薄瘦小，站的姿势还有点倾斜。

“那一个呢？”冬把头朝那个男孩歪了歪。

“哦，他啊，”乔格说，“他不是我们家人。我们是出于同情才带着他的。”

“为什么?”

“强盗杀死了他的父母,”乔格说,“所以我们收留了他。我的意思是,多个人手总是好的。”他用一根手指指着那个头发苍白的男孩。“你,”他说,“去把那个木头椅子搬过来。”

男孩走过去,把那把靠背椅拖过来给他们。冬见他走路时身体笨拙地歪向一边,忽高忽低,忽高忽低。原来他的一只脚往一个角度奇怪地扭曲了。

乔格转向冬。“那,”他说,“你叫什么名字?”

冬不想告诉他。见他不回答,约里克又掐他胳膊,他只好说了。“断!”乔格笑道,露出一嘴方形的黄牙,“起这么个名字!你父母一定早就料到你会遇上麻烦。”

“不是断,”冬纠正道,“是冬,冬。”

“哦,”乔格说,“好吧,冬。我们暂时要把你绑起来。约里克,把他弄坐下。”于是他儿子将冬推坐到那把靠背椅子上,而乔格找来一根长绳,并把冬牢牢地绑在上面。

被捆绑的时候,冬的心里充满了绝望和愤怒。他踢着、扭着,拼命用脑袋撞他们——但他们的力气太大了,没几分钟他就被五花大绑在了椅子上,手和脚完全动弹不得了。

乔格的妻子和女儿把几个箱子拖近冬,然后坐在上面端详着这个愤怒的猎物。乔格的儿子就站在冬旁边,看起来很想随时扭掉他的胳膊。那个父亲从身上松垮肮脏的衬衫口袋里拿出一副眼镜。

他戴上眼镜，眯起双眼看着冬。厚重的深色镜框让他的大脸看上去像一面开了两扇窗户的砖墙。他支起手肘，双手摁在膝盖上。在他身后，火堆冒着烟暗暗燃烧着。

“好了，”乔格说，“我想知道的是，你是谁？是怎么到这儿来的？还有为什么来？”

所有这一家人的身体都向前倾，想听冬如何回答。连一直躲在后面的那个白头发的男孩也凑前几步来听。但突然有这么多奇怪的人出现在他的城市里，冬惊讶得还没缓过神来，头脑中一片混乱。他想不出如何回答。他盯着面前那一张张审视的脸和他们身后的火焰，仿佛正在做一个噩梦：梦里来到某个熟悉的地方——自己的卧室，或者学校的教室——但发现那里变得很奇怪，样子完全不像从前了；更糟糕的是，甚至连感觉也不像从前了。他现在对哈肯广场就是这种感觉。过去这里有明亮的路灯和来来往往的人们，现在却只有一堆野火和这个奇怪而可怕的家庭。

“大声点说！”乔格喊道，“解释一下！”

冬吞吞吐吐地开口了：“我只是……我只是碰巧……我只是偶然到了这里。我马上就走。”

“不，”乔格说，“你走不了了。”

“你走走看，”他儿子猛拽了一下冬的手臂，“我会把你的骨头打断。”

“不要打断他骨头！”乔格朝他的儿子挥了挥拳，“我正在说话，不要吵。给我换副眼镜，这副我看不清。”他把正在戴的那副扯了下来。

约里克赶紧端过去一个似乎装满了眼镜的盒子。他在盒子里翻找的时候，冬听到眼镜相互碰撞的哗啦声。

“戴这个。”约里克说着递给他父亲一副金丝边眼镜。乔格戴上它，透过这副镜片他的眼睛看上去很巨大。

“真的，”冬说，“如果你们放开我，我马上离开这里。本来我就打算要离开的。不然为什么我只带了一根蜡烛呢？”想起他的背包还原地留在黑暗的灰石街上，他感到一阵庆幸。

“我只是想来看一看，”他继续说，“很抱歉打扰了你们。我不知道你们在这里。我对这里完全一无所知。”他说着把头从左到右转了个弧形，表示他指的是这座地下城市。“我只是在山里发现一条裂缝，然后我……再然后又看到有条小路，所以就……”他声音低了下去，“所以只要你们放开我，我马上就离开。”

“不可能的，”乔格说，“你还不明白。既然来了，你就必须留下。”

莉娜蜷缩在垃圾箱后面，忍受着陈腐垃圾散发出的臭气，惊恐地看着完全变了样的哈肯广场。她看着冬被俘虏他的人拖到广场上，看着他们把他绑起来展示给其他人看。当胡须男质问和戳捣冬时，她能看到——也能感觉到——冬的愤怒。她的心里也充满了怒火。这帮人是谁，居然认为这个城市是他们的？但比起愤怒，她更感到恐惧。

冬喊的话在她脑中回荡着。“离开！回家！求救。离开！回家！求救。”所发生的一切太让她震惊了，她几乎弄不明白这些话的意思。回家？他是什么意思呢？她首先想到的是回到她以前和祖母还有波比居住的微光城的家，就在那边的魁利姆广场上。但那当然已经不再是她的家了。如今她的家在星火村，从这里要走一整天的山路。冬的意思是她应该回那里去？倒回去穿过那片未知区域，走过搭在壕沟上的木板桥，再次踏上那条长长的狭窄小道？

她躲在垃圾箱后面，直到腿开始疼得发抖。她听到了发生的一切——或者差不多一切。有时他们的声音太低或被噼啪的火声淹没了。但她已经完全明白了：这些人占领了她的城市，俘获了冬，而且不打算放他走了。

除了回星火村求助，一定还有办法可以营救冬。她的脑中迅速闪着各种念头：

她能否弄出点声响让乔格一家去追赶她，这样冬就有时间给自己松绑并逃走？不行，因为他们肯定不会全部出动去追赶她，会有人留下来看守俘虏。另外，冬怎么能解开自己的绳子呢？他的双手都被绑上了。

她能否冲出来给他们一个措手不及，然后解开冬的绳子和他一起逃走？不行。松绑耗时太长，而且那样他们刚好能把她也抓住。

她能否就这样等着看着，伺机救他出来？可那要等到什么时候？可能要很多天。也许她永远也等不到机会。

没别的方法了：为了救冬，她只能返回星火村。要开始漫长的归途，行动要快速，而且一切都要靠她自己。

9.

绝对安全舒适

冬抬眼看着乔格那得意的微笑。“留下来?”他说,“什么意思?”

“意思当然是和我们生活在这里,”乔格说,“否则你会出去把这个地方告诉给所有人,对吧? 有一座地下城市! 有成百上千间房屋! 先到的那家已经住进去了,难题都已经被他们解决了。我们大家只要都搬进去就行了!”

“我不会的。”冬说。

“你当然会。任何人都会。那样就会有成群结队的人来到我们这里,毁坏这里的一切。我们不能容忍那样。这是我们的地盘,我们的大本营,我们的安全港湾。所以你只能留下来。别担心,我们不会让你闲着的。这里有很多活儿要做。碰到我们算你走运。”

他挠了挠脖子,脏兮兮的指甲在浓密的胡须里抠挖着。“你本来在这里做什么? 在山里转悠? 迷路了? 和你父母走散了?”

冬没有回答。“你为什么觉得别人会成群结队地来这里呢?”他问,“这地方——不适合居住。”

乔格把脸转向冬,眯起眼睛。“在上面,”他说,“生活很艰难。

一不小心就会遭雨淋，受风吹，被雪冻。本来吃的就不够，还有老鼠偷你的粮食，野狼偷你的羊群。最糟糕的是，总有人让你不顺心，指手画脚地管你。总之，上面的辛苦和麻烦总是没完没了。”

“哦。”冬说。他意识到，这一天的早些时候自己也曾有类似的想法。

“还有强盗，”乔格说，“刚才居然忘记说了。”

“我对强盗了解得不多。”冬说。

“哦，那让我来告诉你，”乔格说，“我们一家对他们太熟悉了——不想熟悉也得熟悉。强盗来过我们村。”

这一家人都凑近冬，从上往下瞪着他。因为背对火堆，他们的脸被那奇怪帽子上的蜡烛照得朦朦胧胧。他们像一群长着火角的怪物，一圈圈地向他逼近。冬想向他们尖叫，想挣扎，但还是忍住了。没用的。他必须用计谋脱身。集中注意力，集中注意力，他提醒自己。这是他刚到微光城的管道部工作时他父亲对他说的。管道部是微光城地下一个庞大的管道系统，就沿着为微光城供水的那条河。他父亲的话那时曾帮助了他，或许现在也可以。于是他开始耐心聆听乔格说的话。

“他们是从森林里跑出来的，”乔格说，“疯狂地大喊大叫着。”

“他们举着火把，”堪扎用一只手放在头上比划着，“火焰有三尺高。”

“啊，太可怕了，太可怕了！”她母亲哀嚎着，好像又在目睹一切的发生。她紧紧抱住头，双手向下拉着脸，这让她的眼角低垂下来，嘴巴也成了一个倒U型，“老天爷啊！我们的房子要被烧光了，我的孩子也快死掉了。”

“我们的房子确实被烧光了！”乔格喊道，“他们洗劫了整个村子。他们点燃了我们的房屋，偷走了我们的存粮，牵走了我们的牛羊。”

“还有更糟糕的，”约里克弯下腰对着冬的耳朵说，“他们手里有刀，他们——”

“闭嘴！”乔格喊道，“我来说这事！他们的刀像你的胳膊那么长，孩子。他们一手拿着火把，一手拿着刀。那些走出房子的笨蛋都像奶酪一样被削成了片。”

“还不止，”堪扎说，“那些待在房子里的笨蛋也都像木头一样被烧了！”

“但不包括我们。”约里克说。

“当然不包括我们，”乔格说，“因为一看到他们我就知道会有麻烦，于是带着家人及时从后院逃跑了。”

“我们藏在泥里。”堪扎说。

“就在猪圈后面。”约里克说。

“啊，真是太可怕了，”米妮来回晃动着身体，但还是紧紧抱住头，“那里那么难闻。外面那么多尖叫。但我丈夫那么勇敢，那么聪明，所以——”

“所以，等那些野蛮的强盗离开以后，”乔格打断她的话，“村里仅剩的我们这几个就忙了起来：治疗伤口，重建房屋，修理栅栏和马车。一切从头开始。”

“那是三年前了。”堪扎说。

“不，是四年前。”约里克说。

“安静！”乔格喊道，“你妹妹是对的，你这个无知的小狗。是三年前。可就在几周前，我听说更多的强盗又要来了。”他用一根手指在冬的面前摇了摇，说：“你认为我会坐以待毙吗？”

“我不知道。”冬说。他正努力地注意听这个七嘴八舌的可怕故事。

“你不知道？你不知道？”乔格尖叫起来。他的眼镜从鼻子上滑下来，被他一把扯掉了，“也许你是那种会把家人留在火坑里的人，但我不是！我采取了行动！我收拾起马车，带上我的家人，出门去寻找一个安全的地方。”

“比如一个偏远的山谷。”堪扎说。

“或者高山顶上一个废弃的老房子。”约里克说。

“但我们找到的，”乔格说，“比原本想的好得太多了。”

“没错，”约里克急切地补充道，“你应该看看我们发现了什么，就当我们回到那个——”

乔格猛地跳了起来，满腹的愤怒和屈辱开始彻底大爆发。在大骂了约里克无数次木浆脑子糊涂白痴之后，他对他儿子低低地“嘘”

了一声。“我们现在不谈那个。不要告诉这个不知道从哪里来的人。到该讲的时候，我会讲的。”

约里克缩着头，肩膀耸到了耳朵边。“对不起，”他说，“我忘记了。”

“哦，约里克，约里克，老天爷啊，”他母亲哀叹着，“如果你再不小心点，会害了我们所有人的。听你父亲的。”

“听我继续说，”乔格说着又坐了下来，“我们发现了一个山洞的入口。我们走了进去，看到里面有一条很好的宽阔又平滑的路；我们顺着路往下走啊走啊，走了很远。走到底后，我们发现了一些很有趣的东西，孩子，”乔格说，“是你永远都猜不到的。”

我肯定猜得到，冬想。

“我们发现了一个池塘，”乔格说，“里面挤满了空船。挤得满满的。只浮在水面的就大概有一百条，还有沉下去的和半沉在那里的。‘这里发生过什么事情？’我对约里克说。我们不喜欢这幅景象。看得出这些船是顺着一条地下河飘过来的。要穿过那条河，我们唯一的办法就是逆流而上游过去。”

“但我们并不想这样。”约里克说。

“所以我们就回去了，在外面又绕了一会儿以后，呜哇啦。”

“呜哇啦？”冬问。

“这是个古老的词，”乔格说，“意思是‘好了’。山腰上有一条裂缝。根据我长期观察地形的经验，我注意到一个有意思的地方，孩子。这裂缝是有人故意做出来的，然后又把它锁上了。”

“它并没锁，”冬说，“所以我才会来到这里。”

“它现在是没锁，”乔格说，“但以前是锁着的，从它外面的石头我就看得出来。那些石头现在被土和草盖住了，但仍然瞒不过我这个专家的眼睛。它们太方正了，不像天然的。当时的情况是，地面移动了，然后”——他用力把两只手掌相互一拍，发出巨大的一声响，又把双手分开——“石头掉出来，一条缝就裂开了。”他说。

冬不太明白：“你说什么，地面移动了？”

乔格瞪大眼睛看着他，好像他是一个无知的人。“地震，孩子！你从来没听说过？你一辈子都没经历过？你注意到地上那块通向裂缝的凹陷了吗？那就是明显的证据。地面震动，一切都在摇晃，曾经关起来的东西现在被打开了。可能就发生在十或十二年前的那场地震里。”

“哦。”冬说。他从没注意到过任何震动，但那时候他可能还是个婴儿，甚至还没出生。

“于是，”乔格接着说，“我挤进裂缝，发现一条狭小的通道，一直通往悬崖边，悬崖下面是一个巨大的洞。在洞底下，我看到——”

一片漆黑，冬想。

“一片漆黑，”乔格说，“过了很长一段时间，然后——”他又停了下来，眼睛从他乱蓬蓬的眉毛下面盯着冬——“然后……我听到有什么东西在喘气。”

“什么?”

“我说,有什么东西在喘气。你没在听我说话吗?像是有什么东西在喘气。就在那下面很远的地方,有片朦胧的光照上来。”乔格的手往下贴向地面,再慢慢抬起来,“那光里有些轮廓,黑乎乎的轮廓,像是楼房。几分钟以后,那光暗了下去,”他的双手又向地面滑动着,“变弱了,彻底没了。听起来就像有什么东西在喘气,像是什么东西快死了,正在喘气。”

“啊!”冬叫了一声。是发电机,他想——那是它最后的喘息。时而还在发出微弱的电。他的心里充满了感慨和悲伤,好像这座城市真的是一个正走向死亡的生命。

“现在,”乔格说,“我应该告诉你我是个攀岩家,无所畏惧,而且如蜘蛛般灵巧。我发现了这个地方,我知道它就是为我家准备的。我发现了沿壁那条狭窄的小路,我就走下去了。孤身一人的探险。但遇到一些麻烦。那里有条壕沟,很深。”

冬回想着那条壕沟,颤抖了一下。

“幸运的是,”乔格接着说,“我是个天才。我把锤子系到随身带的绳子上,再把锤子扔出去,这样我多少知道了壕沟的宽度。小菜一碟,我想。于是我跳了过去。”

“什么?”冬怀疑自己听错了。

“先要来段很好的助跑,”乔格说,“然后——”他的手臂像活塞一样来回抽动着,绷紧的脸上露出坚毅的表情,同时大声咆哮着:

“跑——！疯狂地跑，然后拼命一跳，差点儿就过去了。”

“差点儿？”

“我撞到了对岸，只好爬过那些骨骼和烂泥再往上。但我还是过去了。”乔格笑着，显然为他自己感到骄傲。

有好一阵子冬都在想象，在黑暗中跳过那条壕沟需要多大的勇气，更不用说需要多结实的腿部肌肉了。他觉得简直不可思议，但也不禁感到钦佩。

乔格继续说着：“我发现了这个地方。我攻占了它，还给它起了名字，叫黑暗堡，因为它是个黑暗的地方，而且它能保护我们远离外面的艰难险阻。”他高傲地在空中举起一只手臂，表示这是他的私人王国，“然后我从一堵墙上拆下几块板子，做成了一座不错的桥，把它搭在了那条壕沟上。然后我爬回到地面上，告诉家人们我的发现。我们所有人都下来了，从此安顿在了这里。”

“你们在这里多久了？”冬问。

“四个星期左右吧，”乔格说，“很难说，因为如果没有太阳，很难分辨出白天和晚上。但我们是有备而来的。我们有那个。”他用手指着，但冬不知道他指的那个东西是什么。“沙漏，孩子！”乔格说，“就在那里，在那堆袋子上！”

冬从来没听说过“沙漏”这个词，但他看到那是个呈八字形的东西——两个玻璃漏斗被放在一个木框里，头顶头摞着。顶部漏斗里的什么东西正在缓缓流入底部的漏斗。

“哈，没见到过吧，冬？它是这样工作的：沙子从上往下流完正好八小时，然后我们把这东西颠倒一下，沙了重新开始从上往下流。十六个小时等于白天，八小时等于晚上。我们只要记得把它倒过来就行了。”

“嗯。”冬说。事实上他认为这是一个非常聪明的装置，但他并不想将赞美说出口。

“以前住在这里的人离开得很匆忙，”乔格接着说，“什么都没带走。这地方是一个宝库，我们可以在里面住上很长时间，绝对安全舒适。只要没人把我们的情况告诉别人。”他站起来一拍双手，约里克立刻一跃而起，冬看到那个浅色头发的人也努力站了起来。“现在，”乔格说，“我们先处理好一件事情，然后就可以继续工作了。”他冲冬扬了扬蓬乱的眉毛。

就在这时，这座城市突然有了生息。哈肯广场上的路灯发出嗡嗡声和嘶嘶声并闪烁起来。所有人都停止了动作，抬头看着它们。路灯开始发出昏暗的光。一些公寓楼上的窗口也透出了微弱的灯光。灯光越来越亮，巨大的路灯照亮了街道、台阶和集会大厅的柱子，那一刻冬看见了他记忆中的微光城。然后灯光开始慢慢消退。

但就在光消退之前，冬注意到集会大厅的台阶底部有个快速晃动的影子——一只手。手旁边露出一张脸，他认出那是莉娜。她正从墙边的大垃圾箱后面探出身子。

他们的眼神交织在了一起。注意到乔格一家都正仰头看着路灯，冬用口型无声地对莉娜说话，希望她能理解。回家——他用口型说着。同时他往上看看，以表明他的意思。离开。回家。求救。他似乎看到莉娜在点头——但这时灯熄灭了，黑暗再次降临。

“喏，”乔格说，“这就是我要告诉你的。你以前从没见过这场面吧？”

“没太见过。”冬说。

“你觉得你住在这里会习惯吗？”

“不！”冬说。

“太糟糕了，”乔格说，“因为这里就是你的新家了。”

10.

洗劫

“现在来谈谈我们的小问题,”乔格说,“我们想让你帮忙干活,所以你得到处走。但我们不希望你跑掉了,所以你应该被捆起来。但如果你被捆起来,就没法干活了。怎么办呢?”

冬一声不吭。

“我想到的第一个方法,”乔格说,“是只捆住你的脚,让你的双手自由。但然后我对自己说:乔格,这样不行。如果他的手是自由的,他就能弯下腰把脚松绑。这时我记起,前几天在一个有趣的商店里,我们发现过一些有用的东西。那个地方在哪儿,约里克?”

“就在那边。”约里克已经躺进了一把宽大破旧的扶手椅,他用手往格林盖特广场方向指着,“那地方很好玩,摆满了无数的小东西,有螺丝、螺栓、别针、钉子、绳子、按钮、把手等等。”

冬愣住了。那一定是他父亲的店——小商品店。在离开微光城之前,他从小到大一直都在那个店里。

“是的,一个很有用的地方,”乔格说,“把那个袋子拿给我,约里克。那一个,在那边。”

约里克从扶手椅里坐起身，拿来了那个袋子，乔格把它在地上倒空，各种各样的金属小玩意儿叮叮当当地蹦了出来。“让我们来看看，”乔格说，“这个可能会有用。”他从中找出两个 C 型的把手，可能是从橱柜门上取下来的。他把它们对在一起形成一个环形。“很好，”他说，“现在还需要两个……找到了……然后再拿一些螺丝和螺栓……还有这条链子。再加上这个漂亮的小挂锁，还带着钥匙呢！真完美。过来帮帮我，约里克。”

冬的心咚咚直跳。自己竟要被从他父亲商店里取来的链子绑住？“不!”他说。他拼尽全身力气挣扎起来，左右晃动着他被绑在上面的那把椅子，但无济于事。约里克把他抓牢，乔格来动手。他先用一副把手圈住冬的一只脚踝，然后用螺丝钉把那两只把手紧紧拧在一起。

“啊喔!”冬叫了一声。那金属压到了他的骨头。

乔格毫不理会。他又铐住了冬另一只脚踝。然后他把锁链穿过两个脚铐，再在锁链末端挂上那把锁。

“好了，”他咧嘴大笑着，“很好。链子足够长，可以让你走动，但没办法跑。即使你的手是自由的，也不可能解开脚链，除非你能找到一把螺丝刀。但这是不可能的，因为我们会一直看着你。或者除非你能拿到那把锁的小钥匙，”他举起挂锁的钥匙，“但这也是不可能的，因为我要把它藏在小偷找不到的地方。”乔格解开绑冬的绳子，把它扔到一边。他后退几步，骄傲地端详着他的新劳工。“你还需要一样东西，”他说，“一顶灯帽。我会让米妮给你做一个。在此期间，你就和我的孩子们待在一起。”他朝堪扎和约里克点了点头。“你们两个过来，”他说，“把他带上，去把我们的包从刚才落下的地方捡起来，然后就从那附近开始。”他往学校的方向指着，“我去取车，很快就会赶上你们。”

于是那两个小乔格抓住冬的手臂，冬跌跌撞撞和他们一起走着。他们走过广场，绕过集会大厅来到灰石街，拿起刚才捕获冬时扔在那里的包，然后转弯沿奥特维尔街走去。

锁链擦伤了冬的脚踝，但和在自己的城市里沦为奴隶的屈辱相比，这疼痛远不算什么。他尽量不去想他目前这不可思议的困境。如果他不知道锁的钥匙藏在哪里，他怎么可能离开这里呢？他唯有指望莉娜带人来帮忙——一想到莉娜，想到她独自走上返回星火村的漫漫长路，他就感到强烈的不安和内疚，几乎快站不住了。来这里真是一个极其糟糕的想法，如果他没看到那本只有八页纸的破书该多好啊！

在学校街的拐角处乔格赶上了他们，他拉着一辆木制的四轮车，冬认出那车以前是用来运送垃圾到微光城废物堆放点的。乔格捣了一下冬的后背。“朝前走，断！”他说，“要开工了。”

冬瞬间被激怒了，他猛地扭过头。“我叫冬！”他喊道，“不叫断！你至少要叫对我的名字吧！”

乔格退了一下，咧嘴笑着，一只大手护在前面似乎要避开一击。

“好吧，好吧，不用大喊大叫的，”他说，“我们新来的孩子还有点个性呢，不错。”

“我不是你们的孩子！”冬说，“我是我自己的孩子。”

正抓着冬右臂的堪扎吃吃地笑着。“真是个战士，”她说，“他很可爱，不是吗？”她假意朝他做了个可爱鬼脸，撅起嘴唇装作要去吻他，但仍然死死掐住他的胳膊，他能感到她的指甲已经穿透了他的衣袖。

冬告诉自己要控制脾气，因为暴跳如雷毫无用处，但要真的做到实在很难。

他们转到暗沉街，沿着街区摸索前行。“好了，”过了一会儿乔格说，“我们就从这里开始。”他们在一家文具店旁停下来。冬记得这家店在人们离开微光城之前就已经关闭很久了，现在它的货架上除了灰尘空空如也。“上楼。”乔格说着停下车，带头向楼上走去。“全部打开，”他指导着冬，“抽屉、橱柜、壁柜、食品柜，每个地方。把里面的所有东西都拖出来，我们要分类整理。找到眼镜交给我，我来收集。”

“为什么？”冬说。

“当然是因为我想要完美的视觉。”乔格说，“不是我的视力有任何问题，而是如果使用一副正确的眼镜，你就能看到很远的地方。有时你在黑暗中也能看见东西。到现在我还没找到一副合适的。现在开始动手吧。”

冬遵从指令。不管以前是谁住在这里，他们的财产全都被拖了出来——毛衣、外套、手套、围巾、内衣、茶杯、汤勺、编织针、盐罐、枕头、肥皂——三个乔格在它们中间翻找着。堪扎试穿上一些衣服，美滋滋地瞧着镜中的自己。“我穿这件好看吗？”她说，“或者这件？”

“不要再拿衣服了！”乔格吼道，“你已经有够多的了。”

约里克每捡起一样东西都要评论一下。“这把刀不错——我留着了。”他把刀塞进自己的包里，“这些杯子没用，我们已经有一些这样的了。”他把杯子一个个都扔了，有的滚进了角落里，有的摔碎在了地板上，“看看这件丑陋的衬衫——谁会穿啊？”他把它揉成一团扔出了房间。

在厨房里，乔格把看起来能吃的东西全部塞进了他的袋子，然后把架子上剩的东西都扒拉到了地上。空的罐子、瓶子、盒子掉到地板上到处乱滚，发出碰撞破裂的声音。冬注意到这家在离城之前仍留有相当多的食物，足以维持一个星火村家庭至少好几天的生活。他心中暗暗记下了。可能还有许多房屋尚未被乔格一家洗劫一空。

“好了！”乔格终于说，“我们在这里的事情结束了。把这些东西都放到车上，到下一家去。”

这一天他们都在做类似的事情。冬跟随他们洗劫着他以前朋友和邻居的住宅和商店。每次离开时，当他们踢着地板上散落和破碎的东西，冬都默默地向原来这里的居民表示道歉。他们永远不会想到他们的房屋已经被抢劫和破坏了，也想不到他就在这里眼睁睁地看着这一切。尽管如此，他仍然感到难过和内疚。他讨厌自己成为他们的帮凶。

那天晚上，乔格一家围坐在哈肯广场的火堆旁，看上去都很兴奋。冬看见他们把火烧得比以前更高更旺，还在火边搭起一个架子——两堆石头上架着一根金属杆，那是根窗帘棒，或者是根什么管子。

约里克晃悠悠地朝他父亲走去。"我们要去把那东西拿来吗，爸？"他问。

"当然，"乔格说，"堪扎你也去，帮帮他。我在这里等着。"

约里克和堪扎走向那装满了这一天战利品的货车，把里面的东西都倒在了地上。然后他们把空车拉在身后，沿着搬运街走远了。

这时冬注意到了米妮。她站在稍远的地方，声音颤抖着在说些什么。乔格也注意到她了。

"怎么了，米妮？"他问，"大点声。"

她向前走了一步，喃喃地又说了些什么，手里递出一块折叠起来的黑布。

"哦，灯帽，"乔格说，"很好！"他大步走过去，从她手里拿过帽子交给了冬。"这是给你的，"他说，"从那边的蜡烛里拿一支出来，放在这个位置。"他指了指帽子前面的那根管子。

冬从扶手椅后面的一个盒子里拿来一支蜡烛。他把蜡烛放到火堆上点燃，然后安进帽子里，再把帽子戴在头上。帽子很合适，照明刚刚好。他奇怪为什么在星火村没人想到这样做。

“堪扎和约里克要出去一会儿，”乔格说，“在此期间，你可以帮我们做些准备工作。”他拿出一个桶交给冬。“我们还需要些水。看到那个棕色的门了吗？角落里的那个？”他指着搬运街上的一栋公寓，“那是我们的。上楼去把桶装满水。”

冬不太明白：“上楼？但是——”

“啊哈，”乔格说，“我知道你在想什么。刚到这个地方时，我也想不出水是从哪里来的。我知道这里肯定一直都有水，因为他们的屋里有水槽，有浴缸。可水是从哪里来的呢？”

是从河里来的，冬想。

“还好我们原本带了几瓶水，”乔格说，“找水源可花了我们好几天时间。但我们还是找到了。你不会相信我们找到了什么。”

冬等着听他说。

“一条地下河！”乔格说，“是真的。我们往下走了大概一百级台阶才到，途中还做了些不愉快的清理工作。”

“清理工作？”冬说。

“清理尸体，”乔格说，“那里一定发生过什么事故，也许就在人们离开这个城市的时候。到处横七竖八地躺着不少死人。我们把它们拖下阶梯，推进河里，让河水把他们卷走。”乔格摇了摇头，厌恶地皱起鼻子。

尸体，冬想。乔格可能认为那是垃圾，但他们其实是微光城的居民，里面可能就有他认识的人。他们最后大逃亡时是那样的慌乱和恐惧。想到此，他的心开始痛苦地抽搐——但乔格还在继续说着。“至于那条河，”他说，“当这个城市还正常运行时，水被抽进管道输送到各家各户。当然，现在水泵不工作了，因为没有得—伊—安—电。”他特意把最后一个字的音节分开说，以防冬理解不了。“你听说过得—伊—安—电吗？那是一种魔法，一种非常先进的技术，就是它让天上的星星亮起来的。”

“我知道。”冬说。他咬住舌头，阻止自己再说下去。

“但是，”乔格继续说，“我们不可能每天沿着那些台阶去地下河里取水。我们正打算放弃整个计划离开这里时，我想起了那个喘息声。”他抬头得意地看着其中一盏路灯，好像是他让那灯忽闪忽闪发光的。

“来电的时候，”他说，“水泵就会工作，对吧？有时只有几秒钟，有时持续几分钟。于是我们打开了我们这栋和这条街道上其他几栋公寓里的水龙头，把水管放进水槽和浴缸，这样一旦城市呼吸，就会有水出来。不能说是水来滔滔，但也是细流不断。几天后，只要我们需要，随时都可以舀到水。哈，你觉得怎么样？”

“聪明。”冬说。的确聪明。冬不得不承认，乔格在琢磨事情上很有一手。但他并不认为乔格是一个真正有智慧的人。乔格似乎认为他知道一切，但奇怪的是，正由于此，他在冬看来反而有些愚蠢。一个人自认为什么都懂，只是因为他不知道还有多少东西他不懂。

冬拿过水桶，一步一挪地朝乔格指的那栋公寓走去。然后他听到乔格在身后说："哎，你个没用的瘸子！拿个桶一起去，指给那个冬看怎么走。"

冬回头看了一眼。那个瘦瘦的男孩提起一只水桶，一瘸一拐地走在他后面。冬等他赶上，然后跟着他穿过门、上楼梯，走进了一间被乔格一家占为住所的公寓。

他认识这个地方——这以前是他同学奥利·戈登的家，冬上学时来过几次。那时他家的房间尽管破旧但是很整洁，像微光城的所有东西一样。但现在他几乎认不出来了。

乔格一家一定已经搜查了几十间公寓，并把他们最喜欢的所有东西都拖到了这里。在橘黄色的烛光下，他看到主卧室里塞满了家具——五张床，六把宽大的扶手椅，一个堆着坐垫、棉被和毯子的棕橙条纹相间的沙发，还有三张堆满了饭菜的桌子。挂在钩子上的外套、毛衣、围巾和其他衣物垂盖在家具的上面，数不清的装满食品罐头的盒子摇摇欲坠地摞在一起——显然都是从许多别的公寓里搜来的战利品。

那个男孩小心地穿过这些乱七八糟的东西朝浴室走去。冬跟着他进去，看到水槽里装满了污浊的水，浴缸里也装了差不多一半。他们弯下腰，把桶放进浴缸。冬抓住这个机会与那男孩搭话。他觉得那个男孩可能会背叛乔格——但不知为什么他又不太肯定。“他们把你当一个囚犯关在这里吗?”他问。

那男孩摇了摇头。

“但是你不想在这里,是吗?”

“不,我想在这里。”男孩说着想把他的水桶提出浴缸。但以他的力气似乎根本提不动那桶水——他的胳膊在颤抖。

冬伸手过去帮他提起来。“但他们把你当作奴隶!”他说,“如果有机会,难道你不愿离开吗?”

那男孩又摇了摇头。

“如果我想出逃脱的办法,”冬说,“你会和我一起走吗?”

“我不能,”男孩向下指指自己扭曲的腿,“我走路不方便。”

“那么你是怎么下到这里的呢?”冬问。

“他背我来的。”那男孩说。

“乔格吗? 那就是说,他其实对你还不错?”

“还行,”男孩说,“他一直想让我强壮起来。”

“但他对你很刻薄。”

男孩点点头:“他拿走了我的宝贝。”

“宝贝?”

“只是一些我自己喜欢的小玩意儿,是我一直在收集的东西。”

他说话的时候眼神那么忧伤,冬都看不下去了,只好转移目光。他把自己的水桶也拎出水面,它已经又满又沉了:“他为什么要拿走它们？”

“我反抗他了。”那男孩子说。

冬无法想象这样一个羞怯的小个子会去反抗别人：“你的意思是说，你顶撞他了？”

“不，不。我只是不能像他要求的那样快速跳起来。”

“你叫什么名字？”冬问。

那个男孩的眼睛一直盯着那桶混浊的水。“他给我取了个新名字。”他说。他拎起那桶满满的水，开始朝门口走去。

冬拖着脚链叮叮当当地跟在他后面。“你可以帮我找到钥匙，”他说，“如果能拿掉这链子，我就可以离开，然后带人来救你。”

那个男孩没有回答。他费力地朝楼梯走去，水从他的桶里溅出。走到楼梯边上时，他向冬半转过头。“他把我的宝贝放在架子顶上了，”他说，“我够不着。”

“哪个架子的顶上？”

“在厨房里。”那男孩说着放下水桶。他先把那条伤腿放到第一级阶梯上，随后另一条腿略跳一下也踩下去。然后他回身拎起桶，开始走下一级阶梯。就这样他一路重复如此，顺着楼梯笨拙地向下走着。

冬跟在他后面。他们默默地拖着水桶，等走到篝火旁的时候，看到乔格已在火堆上摆了一只大罐子。按照乔格的指示，他们把桶中的水倒进了罐子里。

然后他们就等着。那个瘸腿男孩背靠着一堆袋子坐在地上，下巴搭在蜷起的膝盖上，一动不动地盯着火堆。

米妮走来走去地准备晚餐，乔格则坐在扶手椅上，喝着一杯从后面洗衣盆里舀来的水。他让冬坐在他旁边的地上。“总有一天，”乔格说，“你会意识到，能成为我们黑暗堡的一员是多么的幸运。”

“等那天到来的时候，就可以除掉这个了。”他俯下身子猛砸了一下冬脚上的铁链。米妮正拿着一袋土豆从旁边经过，突然的响声吓了她一跳。“当然，”乔格说，“我们必须要在有绝对绝对的把握时才会这样做。”

这倒是一条出路，冬想——可以装作很高兴来到这里，而且并不想逃跑。但要向乔格证明这些需要花很长的时间。他想着现在孤身一人的莉娜，想着他受伤无法劳动的父亲。他想着几乎难以捱过冬天的星火村村民。他想着那本写给微光城人的、写着他渴望找到的东西的古老的书。最重要的是，他想着外面阳光照耀的世界——他宁愿在那里挨饿也不愿在这里饱腹。没有时间来假装他乐意和乔格一家在一起，他必须马上想办法离开。

11.

牧羊人

莉娜向冬挥手后，一等灯光熄灭，她就立刻转身踏上了返程。第一个任务是穿过未知区域，找到那条通往上面的岩壁小路。她划亮第三根火柴，点燃一根蜡烛，沿来时的路穿过微光城往回走，一边反方向回忆着她曾走过的那些街道的名字。几分钟后，她发现自己再次来到了那个放有一把白色扶手椅的角落。这把椅子，她想，一定是被故意放在这里标记出路的。

于是她大胆向前走，从平整的街道来到了散落着鹅卵石的地方。她慢慢向前走着，眼睛盯着脚下的烛光圈。她无法知道自己是否正在走向那条小路的末端，她只希望她是从城市里直线走出来的，这样她就能再返回那条小路。她一脚一脚地向前试探着，每走一步好像都在往后推一面黑暗的墙。

她的右脚前方出现了一个空罐头盒，她不小心踢到了，吓得停了下来。她把蜡烛向右稍移一点，又看到了另一个空罐头盒。她想起来了：在进来的路上，他们看到过罐头盒和破罐子。那时她只把它们当垃圾，可它们会不会是路标呢？会不会是作为通往小路的标记，被那些占领了微光城的人故意放在这里的呢？

有可能。她开始刻意寻找这些路标。很快她就发现，每小堆垃圾离上一堆都只有几步远。每次她走到一堆时，再往前四五步就能看到下一堆。就这样，很快她就来到了她最害怕的地方：那个搭在壕沟上的木板桥。

她在那里站了好一会儿，就这样看着它：两片破烂的板子延伸到黑暗中，下面就是可怕的深渊。我做不到，她想。我只能掉头回去，再想其他办法去救冬。

但是没有其他办法，她很清楚，她只能鼓足勇气穿越那座桥。她一定可以的！

她闭上眼睛，心跳得厉害，觉得自己的脚似乎扎根在了这岩石地面上。她努力调整到最好的自我状态，她提醒着自己：她是一向行动迅速、步伐沉稳的。这些狭窄的木板如果是横在一条小溪上，或者甚至是架在两栋建筑的屋顶之间，她都一点也不会害怕。所以让她恐惧的并不是这座桥，而是桥下面的东西。她竭力不去想那堆有骸骨的深渊，只把自己再次想成一名信使，正在心无旁骛地赶送一封紧急的信。她深吸一口气，握紧手里的蜡烛，眼睛盯着木板，抬脚踏了上去。连一秒钟也没停顿，她健步如飞地穿过了那个深渊。到对岸后，她又向前跑了几步才停下来。她急促地喘息着，心在胸腔里咚咚直跳，浑身都在发抖。

她停了一会儿，等稍微平静后又继续向前走，不久就来到了一处陡坡，那条小路正从这里开始沿洞壁向上倾斜。

这是一段孤独而可怕的路程，但比起穿过深渊根本不算什么。走到一半时她已经到了很高的地方。她再次低头看城市中心那闪烁的火堆，这时蜡烛已经烧到了底，太热拿不住了。于是她把它塞进身旁岩壁上的一条缝隙里，然后手颤抖着从包里又拿出一根蜡烛，就着刚才那根的火焰点燃了。在这个崎岖的、离万丈绝壁只有几寸之遥的山崖边缘，她不愿有片刻陷入完全的黑暗。

这条路似乎永远也走不完。她的腿开始疼痛，耳边一直响着自己剧烈的喘息声。一路上，她的眼前浮动着冬被抓住绑起来的身影，脑海中反复出现那恐怖的画面。在出发之前，她本应该重视自己不好的预感。来到这里是个错误，一个极其可怕的错误。

但现在想这些已于事无补了。她终于走到了小路的尽头——从上方的光点距离可以看得出。果然，又走了几步，她发现自己来到了小路的边缘，右侧就是通道的入口。她侧身钻出通道，来到了上层世界清洁而寒冷的空气中。

火红的太阳低垂在天边，有一阵子刺得她睁不开眼。她知道已经是傍晚了——可能是下午四点或更晚。白天就要过去了。她能摸黑找到回星火村的路吗？她不愿意让冬再多被囚一秒钟。她想象着冬有多绝望。他甚至不知道她能否安全走出洞穴。他可能以为她已经掉进了深渊，或在往上爬的时候从小路边滑下去了。她必须抓紧赶路。

于是，她拿回他们卷起来藏在岩石间的毯子和随身物品，把它们都塞进包里。她再次出发了，沿着他们来时的山路往回走。

但还没走几步，精疲力竭的感觉席卷而来。她两腿发软，头沉甸甸的。她别无选择：要继续赶路，只能先停下来休息。她拖着沉重的步子，跌跌撞撞地又走得稍远一点，来到了一个大山洞的入口处。她把一张毯子扔到里面的地上，一头倒在毯子上，立刻就睡着了。

她醒来时天已经差不多黑了，不远处有人在大喊大叫。莉娜挣扎着站起来，抓起毛毯匆匆跑到外面。她看到了让她惊讶的一幕：一匹骨瘦如柴的马正拉着一辆带顶篷的车，车旁边有一些绵羊，莉娜立刻认出了那个牧羊人：就是上次去星火村的那个搜宝者。

“嘿！”牧羊人大喊一声，用手里的长棍在羊群中拨开一条路，穿过羊群朝莉娜这边走来。那些绵羊紧张地大叫着，四散避开了。

莉娜向她跑去。“请帮帮我！”她喊道，“我要回家！我要赶快回家！”这时她再次想到了自己可怕的处境：冬成了囚犯，太阳落山了，前面的路还很长。她的心咚咚跳了起来。

牧羊人走近了。她的眼睛是淡蓝色的，脸颊通红，鼻子上交错着红色的皱痕。“你迷路了吗？你在逃亡吗？”她歪着头眯起眼看着莉娜，“我以前见过你吗？”

“是的，”莉娜说，“我住在星火村，我在村里见过你。我正要去星火村，而且今晚必须到。”

有一只绵羊离群了，牧羊人用棍子戳了一下它的屁股，一边吆喝道：“回来，你这个肮脏的绒球！”然后她又用棍子指着莉娜。“你，”她说，“真是个傻孩子。你今晚不可能到那里的。但是你来这儿干什么，离家这么远？”

这话像刀子一样刹那间扎进了莉娜的心。“我们去了我们的老城，想找点东西，但有人住在那里，他们抓住了冬！我去找人来救他！”

“你们的老城？”牧羊人说。

“是的，在地下！”莉娜的声音颤抖着，“现在被可怕的人霸占了。”

“你说什么，抓住了你的朋友？”

“是的，把他绑起来了！”

牧羊人歪歪嘴角，又摇了摇头。“他又在瞎指挥。”她嘟囔着。

莉娜还没来得及问这话什么意思，牧羊人突然转身冲了出去。她的一只绵羊跑远了。她大步跟过去，用棍子敲了它一下，把它赶回羊群。“快走，毛脸！”她吆喝着。那绵羊难过地低下头，向它的同伴跑去。

莉娜越来越感到绝望。怎样才能让这个女人帮她呢？她看见马车的前后都挂着灯笼，甚至那匹马的旁边也挂着一只。可能这个牧羊人会夜行。另外，她之前去过星火村，一定知道路怎么走。牧羊人在不停地对付那些任性的绵羊，莉娜一边跟在她后面奔跑一边喊着:“我可以和你一起走吗? 你今晚可以带我回到星火村吗?”

“我不走夜路。”

“但你可以走,”莉娜说,“你有灯笼,而且你认识路。”

“我能走,”牧羊人说,“但我不想走。太辛苦,而且太危险。你知道,那里到处是狼。就在刚才我还听到了它们的嗥叫。另外,天要下雨了,”她的头朝那些天边的积云歪了歪,“无论如何,我不朝那个方向走。我刚交完最后一批货,明天要往正南走。”说着她把棍子往地上“啪”地一扔。“这次以后,他只能靠自己了,”她说,“梅格斯要放弃了!”

“放弃什么?”梅格斯,莉娜猜想着,应该是这个牧羊人的名字。

“放弃这份找食物的差事。我受够了。这山上又冷又可怕,镇里什么交换的东西都没有,我不干了。”

莉娜有点摸不着头脑。“为谁找食物?”

牧羊人张开双臂,她破烂的衣袖在风中飘动。“我的哥哥! 地下城的国王!”她喊道,“这是他自己封的名号。他想让我出来收够几个月吃的东西,然后就下去加入他们。哼,我已经决定不干了。更别说他现在还喜欢上绑架了。”那些羊群渐渐走散了,她又冲它们大喊起来:“卑鄙的野兽! 可恨的肉脑袋! 都给我回来!”她朝它们挥舞着棍子。那匹马则安静地低着头,从地上扯了满嘴的草嚼着。

“你的意思是,”莉娜分析着这些支离破碎的信息,然后问道,“下面的那个人是你哥哥? 就是那个可怕的男人?”

“他没那么可怕，”梅格斯说，“就是太高高在上，太专断自负。他太沉浸在自己那个完美的小世界里了，什么都只想着自己。”

现在莉娜开始注意听了：“那你怎么给他送食物呢？”

“直接丢下去，”梅格斯往身后那个有裂缝的山坡方向指了指。“你可能不知道，”她说，“我是那种好心又热心的人。如果可以，我会让我哥哥知道，刚才是他最后一次拿到货，从今以后他只能靠自己了。但如果你以为我会下到那个黑暗的洞里去告诉他，那你就想错了。”

“那你送货的时候，”莉娜问，“为什么不给他写个留言条呢？”

“写？”梅格斯说，“我不写。”

“你的意思是你不会写？”

牧羊人耸耸肩，皱起眉头。“从来没想过要写信。”她说。

一个念头在莉娜的脑中开始形成。“我能帮你，”她说，“如果你今晚带我回到星火村，哪怕只带我一程，我可以帮忙写一张便条给你哥哥。”

“没用的，”梅格斯说，“他不识字。”

寒风更加冷冽了，吹得树叶沙沙作响。西边夕阳的红晕已渐渐变成一抹灰蒙蒙的橙色，暗紫色的云朵夹杂其间。莉娜迅速思考着。“我可以画一张便条。”她说。

“我告诉过你了，”梅格斯说，“我不走夜路。”

“但现在还不算是夜里，”莉娜说，“至少我们可以走一小段。”

“很快就到夜里了。”梅格斯说。

“求你了，”莉娜说，“我会给你哥哥画一个很好的留言条。看着吧，我现在就画。”

莉娜从她的包里拿出一支铅笔和一张纸。“我需要一块平整的东西垫在下面。”她说。梅格斯从她马车一侧的钩子上取下一只桶，把它底朝天倒过来，莉娜把纸放在了上面。她是这样画的：

冬——已安全出来，正返回星火。——莉

“你在上面写字了，”梅格斯说，“我告诉过你他不识字。”

“哦，”莉娜说，“我忘了。嗯，没关系。即使没有字，这图也能看得很明白。”

“这些字是什么意思？”牧羊人问。

“意思是，‘哥哥——我不干了，你自己找吃的吧。——梅’。”

梅格斯把手指按在最后一个字上。“这不是梅，”她说，“我一看到梅字就能认出来。”

“哦，糟糕，”莉娜说，“我写错了。”她又在莉的旁边加了个大大的梅字，暗暗庆幸自己的姓是梅菲。“现在，”她说，“你只要用一块破布把它包起来，再绑块石头，从你扔食物的地方把它扔下去就行了。”梅格斯伸手来拿纸条，莉娜却把手往后一缩。“你得答应带我回家。”她说。

“对不起，”梅格斯说，“答案是不行。无论如何我都不会朝你们那个方向走。我要往正南去，而你要去的是西南。”

“噢，求你了，”莉娜说，“我有非常重要的事情！”

“不行，”梅格斯说，“但我可以告诉你怎么办。”

“怎么办？”

“你可以跟着我走到天黑，然后今晚与我一起宿营。就睡在马车上，遮风又挡雨。”

“但这样我就走错方向了，走偏了。”

“不会偏多远的，”梅格斯说，“不出半小时天就黑了，到时候我们就得停下来。”

这真是非常令人沮丧——莉娜想走，想动身，想立刻出发，可偏偏不可能，除非她想冒着永远也回不到家的危险。她只能接受梅格斯的提议，尽管这样她会被带偏方向，而且第二天早上还要再往回走一段。“好吧。”她说。她递出她的画儿，但梅格斯正要去拿时她又把手缩了回来。她有了另一个主意，之前太害怕了，她没想到这一点。“那本书！”她说，“那本书是你卖给我的朋友冬的！如果你能告诉我你在哪里找到的它，我就把画给你。”

梅格斯耸耸肩。“没问题，”她说，“如果你已经知道了那个地下城，就没理由不告诉你了。把画给我，我就带你去。”

莉娜把画递了过去。

牧羊人走到她的马车后部，在里面翻找着。莉娜听到她低声哼着什么，时而咕哝出几个字，那低哼声就成了一首歌曲。正是梅格斯那天在星火村一直哼的小调，是个莉娜当时就觉得在哪里听过的小调。到底是什么呢？

梅格斯拿着一块油腻的破布回来了，于是莉娜向她问起这首歌。

“哦，这是首老歌，很多搜宝者都知道，”梅格斯说，“它曾经是一个谜，但现在不是了，至少对我来说不是了。”

“能再为我唱一遍吗？”莉娜问。

梅格斯用她低哑的嗓音唱了起来：

“古老的城市里埋着宝藏。

记住啊记住，那是远古的宝贝。

隐藏之物将会重见光明，

那钻石比黄金还要珍贵。”

唱完后，梅格斯咧嘴笑了起来：“之所以它不再是个谜，正是因为我和我的家人。我们发现了那个城市，也找到了那颗钻石。哈！所以谜就解开了。”她把莉娜的信和一块石头一起包在那块破布里。

“我去把它扔下去，”她说，把她的长棍递给莉娜，“看着这些羊，别让它们跑丢了。”

然后她蹒跚着往那个有裂缝的山坡走去。莉娜看着她的背影，一边仔细想着那首歌。就在今年夏天，她去那座废城的时候，在返回的途中听一个搜宝者唱过这首歌。是同一首歌，但唱法和梅格斯的有点不同。歌词似乎并不完全一样？莉娜想不起来了。但她现在又冷又累，没精力去琢磨这个事情。她把双臂交叉在胸前抱住自己，抵挡着越来越猛烈的寒风。如果幸运，她想，冬会看到那个留言条，会知道他很快就有救了。同时我也将知道，让我们陷入困境的那本书是梅格斯在哪里发现的。

12.

盛宴之夜

冬闷闷不乐地坐在一把闻起来有烟灰味的旧扶手椅上，看着米妮在火边忙碌。她用不知道从谁家花房里拿来的耙子扒拉着火堆，把炭火拨到他们搭在两堆石头中间的杆子下方。每次走近冬时，她都看也不看他一眼就迅速绕过，好像怕他会伸出腿绊倒她。然后她拍拍双手，掸掸胸口，又扯了一下脖子后面的头发。她是冬见过的最紧张、最神经质的人。乔格挥舞着胳膊指挥她，一边大声叫喊着："那里多加些燃料！把它堆在这里！快点，米妮！别毛手毛脚的！"

在米妮后面，那个瘸腿的男孩在安静地走动，米妮时而会叫他去拿点或搬点什么东西。

"他叫什么名字?"冬指着那个男孩问乔格。

"斯加哥，"乔格说，"他还有一个名字，但我把它改了，这样可以和我孩子的名字一致。"他转身离开火堆，来到冬的面前。"要知道，我对古代的世界是很有研究的。想知道什么尽管来问我。我孩子的名字都是仿照古城名取的，比如纽·约里克、堪扎·斯，还有斯加哥。当然，还有很多其他的城市名字，但我喜欢这几个的发音。我给我老婆也取了个新的名字。她以前叫科拉，现在她叫米妮，是根据一个叫米妮—苹果的城市名取的。在那些古老的城市里，卓德*，”他说，“是存在力量的。我崇尚力量。我用它来描述我自己，因为我天生就是一个强有力的人。”他站直身子，高高挺起胸膛。“于是我给自己选了个名字，”他说，“来自那个最强大的城市：华士顿。”

冬记得爱德华·帕克特给他看过一本书，那里有张世界地图。他肯定乔格把那些城市的名字说错了。“在我看过的一本书里——”他说，但乔格打断了他的话。

“哦，书，”乔格说，“曾经很有用。”

“是的，”冬说，“所以如果你看了这本书，你就知道那些城市的名字实际上是……”

“我是说作为燃料很有用，”乔格说，“但现在很多书已经不存在了。很多年前我们村就把书烧光了。”

“烧光了？”冬不敢相信自己的耳朵，“为什么？”

“因为它们有什么用呢？尽是些胡写乱画的字。比起去琢磨那些蝌蚪符号，人们还有很多更重要的事情要处理，都是关乎生存的

* 由于不识字，乔格经常说错冬的名字。在本章和其他章里，他会把“冬”说成“卓德”、“卓恩”、“杜德”、“杜布”、“断”等。

大事,卓恩。”

“但从书里,你会知道人们曾经发现过什么。你会知道事情应该怎么做,还有……”

乔格用一根手指指着冬。“你听着,”他说,“我们知道事情应该怎么做,不需要什么蝌蚪符号来告诉我们。”

“但如果你曾经读过那些城市的名字……”冬又开始说。

“我们不读书,”乔格的话简洁明了,“所以你不用再叽里呱啦的了。我们不赞成读书,我们很久以前就不再读书了。那都是无用的小把戏。我们需要知道的一切都来自我们的父亲、祖父和更早的祖先。”

冬明白了。在乔格来的地方,人们根本不识字。他惊奇地眨着眼睛,但没有再说什么。

米妮俯身看着那口烧水的锅,用一根长叉戳着在开水里翻滚的土豆。她似乎害怕冬。当他凑过去看看她在做什么饭时,她的手放在脖子那里不安地挠着,身体悄悄地躲离他,脸也偏了过去。于是冬又回到那把臭烘烘的扶手椅上,坐下来等着。

乔格弯腰在火堆旁边的一个箱子里翻找着,把里面的东西都乱扔出来,一边恼火地嘟囔着。“不在这里,”最后他蹲下来歇会儿,“米妮,那一小瓶盐在哪里?”

米妮和斯加哥正面对面坐着,两人中间放着块短板,他们正在板子上切一些好像浸过水的洋葱。她抬眼看着乔格,流着泪说:“在楼上，老公。在厨房里。”

“我们需要盐。”乔格瞪着她和斯加哥。

“当然，”米妮说，“我们把洋葱切好马上就去拿——别让洋葱滚下来，斯加哥。把板子拿稳了——哎哟，这刀打滑——”

“算了！”乔格吼道，“我要那个新来的孩子去拿。”他转向冬，恶狠狠地盯着他。“上楼去，”他说，“把厨房桌子上的那个小绿瓶子拿来。其他东西一动也不许动。你回来以后要被搜身的。”

于是冬一瘸一拐地朝公寓走去，然后爬上楼梯，一路上脚链叮当作响。他找到了桌上的那个盐瓶，把它放进了口袋里。现在是个好机会。他独自一人，没人看着他。

一定有办法利用这个机会。他可能从后窗出去吗？但他戴着脚链，落地不方便。而且从这个两层楼跳下去可能会摔断脚踝或手腕。那是否可以偷些有用的东西，某种武器，比如一把刀、一把锤子？但乔格要搜他身的，拿什么都会被查到。怎么办，怎么办？冬扫视着这间公寓——主卧室里横七竖八地堆满了床、沙发和扶手椅，厨房的桌子上摆着脏兮兮的杯具和污迹斑斑的勺子，柜子里塞满了瓶瓶罐罐……

这时他想起，乔格把斯加哥的宝贝就藏在厨房里，在某个高处。如果在这里冬没办法帮助自己，也许他可以帮助那个男孩。他迅速打开所有上方橱柜的门，看它们顶层的架子上有什么东西。第一个里面什么也没有，第二个也没有，但打开第三个时，他看见靠近天花板的那层空架子上有一个布袋。那袋里是否是斯加哥的小收藏，他只能赌一把了。

他拖了一把椅子到厨房的柜台旁。如果脚没被铁链锁住，他可以轻松地站上椅子并跨到柜台上。但他现在没办法让两只脚依次踩上椅子，因为缚着铁链的双脚无法分得太开。于是他双手按在柜台上，用力撑起身体，一边屈起双膝，直到把双脚搁到椅子的座面上。然后他站起来伸出一只胳膊去够，但他发现还是碰不到那层顶架。于是他小心地转过身，铁链随着他脚的移动发出阵阵响声。他坐到柜台上，把脚也抬到上面，然后再次吃力地站了起来。他又高举手臂努力去够，终于用两根手指夹住了袋子。他把它拖出来，就在它往下掉的时候一把抓住了。

一回到地上他就赶快打开袋子往里瞄了一眼——他看到一些闪光的物件和一些纸张——这足够让他确信是找对东西了。然后他拿着袋子穿过房间，把它藏到那个条纹沙发底下靠后的地方。

他再从楼梯返回——最快的方式是坐着滑下去——出门来到篝火旁，把那个盐瓶递给了乔格。

“怎么去了这么长时间?”乔格抱怨道。

“脚被链子锁住不好走，”冬说，“不信你试试。”

乔格把他浑身上下拍了个遍，确保他没偷任何东西。然后冬又坐回那把臭椅子，继续等着吃晚饭。

终于，他看到搬运街上出现了两个亮点，这意味着约里克和堪扎回来了。从他们激动的叫喊声听得出，他们带回来了什么做晚餐的东西。

“我们把它带回来了，爸！”车子靠近时约里克叫喊着，“它就放在那里，还有些其他的东西。”

米妮往货车里看了一眼，点点头。“嗯，”她说，“不错，好极了，哦，好极了！”

“那我们快动手吧！”堪扎喊道，“我快饿死了！”

冬从椅子里站起身，靠过来仔细看了看。他看到车里有些鼓鼓的袋子，还有一眼看上去像团羊毛的东西。

约里克把手伸进车厢，哼哟一声抱出了那团羊毛。冬看见一个头和几条腿垂了下来。是一只绵羊！他想。不，是一只羊羔——比成年的绵羊小。但它一动不动；睡着了或者已经死了。这是从哪儿弄来的？难道是他们往上爬出洞穴去抓的吗？

约里克和他父亲把羊羔放在离冬坐的地方不远的人行道上，米妮和堪扎站在旁边看着。乔格从一个装满工具的篮子里取出两把长刀，开始和他的儿子动手割掉那只羊羔的头。接下来他们砍掉它的四个蹄子并踢到一边，然后吃力地剥掉它毛茸茸的皮，直到羊羔成为一块滑溜溜的红色肉板，曾经有头和腿的地方竖着树桩一样的残肢。

冬知道人吃动物。他们在微光城时不吃，因为没有动物可吃。但在星火村，冬天他父亲有时会从市场带回家一些大块的东西，很耐嚼,味道咸咸的,据说那就是肉。当冬知道那些肉来自动物时,他非常惊讶,也很难过;在他看来,动物是他以前从未见过的迷人的新生物,它们被杀掉用作食物的事实让他很难接受。

现在,眼看着乔格一家人把羔羊切成了肉块,他只有用手紧紧按住嘴巴,不让自己叫出声音。

在乔格忙着把羊羔割成块时,约里克和堪扎从车上吃力地搬下那些麻袋并把它们打开。袋子里有很多带着泥的土豆,一些发蔫的大棵白菜,还有几个较小的袋子。约里克往小袋子里看着,一边大声报着每个袋里的东西:“干玉米,各类豆子,一些粮食。哇噢!还有蘑菇。”

堪扎举起一个小的破布包。“这是在那些东西的顶上发现的,”她说,“被打了一个结。”

“哦,把它解开吧,小泡菜鼻子。”乔格说。他正忙着把小羊羔的尸体穿到火堆上方的烤肉叉子上。

堪扎打开了那个破布包。“有块石头,”她说,“可是我们的石头已经够多的了。”

但又有什么东西飘了出来——是一张纸片。堪扎弯腰把它捡起来,眯起眼看着。“是一幅画,”她说,“爸,你看。”

乔格过来看了看。米妮也走过来,经过冬的时候她用枯瘦的双臂抱紧了自己。约里克从堪扎的肩膀上方瞄着,冬也拖着叮当的铁链过去看。

“那上面有字。”约里克说。

“肯定是别人帮她写上去的，”乔格说，“真奇怪。她写字干什么呢？又会是谁帮她写的呢？”

“那这张画是什么意思啊，爸？”堪扎问。

乔格从他的灯帽里拿出蜡烛，把它放在纸的附近照着。“意思是，”他说，然后他沉默了一会儿，“意思是她要走了。”

“哦，天哪！”米妮叫道，“离开我们吗？去找食物吗？”

“这个，谁知道呢？”乔格说，“看起来像她在挥手。”

“但那些字又是什么意思，爸？”堪扎问道。

“拿过去给他看，”乔格向冬点点头，“他喜欢把时间浪费在研究这些字上。”

堪扎把纸递给冬。他静静地看着那张留言条。

“怎么样？”堪扎问，“上面说什么了？”

冬努力不让自己露出微笑。他看得出，虽然乔格假装没在听，其实他正在听，所以他要赶快编出些什么来。他皱起眉头看着那些字，好像它们很难弄明白的样子。

纸上那些卷曲的小团团显然画的是绵羊，从洞上扔食物下来的人一定是个牧羊的。看上去好像那个牧羊人确实正在挥手告别。冬想编一些也许能帮助他的话，比如：**立刻释放那个男孩！**或者**快出来！强盗来了！**但他必须让文字与图片的意思保持一致，否则他们不会相信他。安全起见，他终于决定了怎么说。“上面写着：‘再见！我要走了。不会再给你们东西了。’”

米妮哀号起来。

“别哭得像个白痴一样，”乔格说，“谁怕啊？我们的食物够吃很长时间的。不要忘记前几天我们发现了什么。”

“哦，是的。”米妮开始高兴了。

“发现了什么？”冬问。

“那边有一家简陋的小商店。”乔格往一边挥了挥手。

“没有店名，什么标识也没有。”堪扎插话说。

“店里也什么都没有，货架全是空的。但后面的房间里却塞满了好东西，”乔格说，“有人在里面贮藏东西。”

“哦，”冬说，同时在心中暗暗记下这条信息，“那太好了。”

羊羔肉在火上烤着，飘来的气味让冬有点恶心但又觉得很香。最后，乔格和米妮从叉子上取下那块被烤成褐色的油光闪亮的东西，乔格再次用刀把它分割成大块，然后一家人饕餮般地把肉抓到手里，狼吞虎咽地啃咬着、咀嚼着，直到最后只剩下一堆骨头。他们把骨头扔进火里，用袖子擦了擦油腻的脸。

冬也吃了肉。他很饿，但当乔格递给他一大块热腾腾的肉时，他只用两根手指捏着接了过来，好像在拿着什么危险的或者让人厌恶的东西一样。那肉吃起来如橡胶般富有弹性，而且口感油腻。他一口也没剩下。

13.

钻石

晚饭后，乔格一家在火堆旁围坐了好长时间。吃饱了肚子让他们心满意足，他们打着嗝，高声说笑着，讲着一些冬完全不理解的笑话。乔格开始大谈宇宙的本质，俨然认为自己是这方面的专家。他说宇宙是一个完美的球体，像一个气泡，地球就是它的中心。他又说天空离地面整整有一百里远，而且星星是被电点亮的。“你可能不知道，”他对冬点了一下头，“有时还会有新星出现。我最近就见过——一颗移动的泛绿光的星星。”

“我们都看见了，”约里克说，“就在我们来到这里之前。”

米妮也喃喃地说：“是的，我们看见了，真的看见了。”她的眼睛半闭着，看起来快要在椅子里睡着了。

乔格又高谈阔论了一会儿，说月亮比它看起来的样子大很多，实际大概有一个货车轮那么大，说从远处看地球像一个比月亮大百万倍的巨大餐盘。“上面的山看起来像一堆堆的土豆泥！”约里克说。“森林看起来就像菠菜！”堪扎说，然后两人一起狂笑不止。

最后，乔格指着那只上面沙粒快要流尽的沙漏。“该睡觉了！”

他喊道。米妮被惊醒了，每个人都站了起来，拖着步子向公寓走去。

到屋里以后，米妮忙着在杯子和罐子里插上蜡烛。摇曳的橙色烛光照着房间里的凌乱不堪，在散放的大堆杂物旁投下摇曳的光影。

“你睡这里。”乔格对冬说，一边用手指着一张棕色和橙色条纹相间的沙发，沙发上搭着几条毯子。斯加哥从一张床走到另一张床，忙着把毯子折好铺平。

“斯加哥很少说话。”冬看着他说。

“有人和他说话时他才说，”乔格说，“这是条好规则，人人都应该遵守。”

“我不这么认为。”冬说。

“你说什么？”乔格停下了踱步，把一只大手放在他的大耳朵后面，仿佛听力有困难。

“我是说，我认为等别人开口时才能说话并不好。”突然间，冬感到自己的脾气如火苗般蹿起，尽管他知道反驳乔格可能很危险，“如果人人都这样，根本不会有人说话！你的意思是，只有当你和他们说话时，他们才应该说话？我猜那是因为你太强势。为什么你会这么强势呢？”

乔格的脸气得皱成一团，他向冬威胁性地迈进了一步。其他人的谈话都戛然而止，抬头看着他们。乔格停顿了一下。他的表情变了，嘴角露出了笑容。“杜德，”他说，“你提了个很好的问题。是什么让我这么强势？让我来告诉你。一个强势的人是有决断力的。为确保我的家人远离危险，我采取了果断的行动。一个强势的人是坚强的。你知道，我很坚强。正因为我强势，我的人生中才有这么多的不平凡，才让我找到这个城市——还有别的东西。”乔格向约里克招手示意，眼睛没有离开冬。“约儿，去把那块宝石拿来，”他说，“让这个无耻的拖把头看看什么是我们所说的强大。”

“真的要拿吗，爸？”约里克说，“万一他——”

“当然是真的，你这个没脑子的。去拿出来！”

约里克走到一个衣橱的门前，打开门把手伸了进去。他取出一个用黄色破布裹着的土豆大小的包，把它递给他的父亲。家里的其他人都围拢过来，包括斯加哥。无论这是什么，冬看得出他们很以它为豪。米妮的双手紧紧按在脸颊下方，嘴唇颤抖着像在自言自语。堪扎得意地笑着，眼睛转向冬，显然认为他会对看到的东西惊奇不已。

“这个，”乔格说，“已经经历了漫长的岁月，一直在等待被发现。它在等待那个合适的人，而那个人就是我——华士顿·乔格。一切都是命运的安排：强大的人总有不一般的发现。”他开始把布从被包裹的东西上面解开。“你知道‘宝石’这个词的意思吗，孩子？”

冬点点头。他心头猛地一跳。难道这就是那本只有八页的书中提到的宝石吗？

“嗯，”乔格说，“但你从未见过这样的。”他让布掉落下来，双手捧着那块宝石。"米妮!"他喊道,"拿两支蜡烛来,让这孩子看清楚。"

这是块晶莹剔透的深蓝色宝石,约六英寸高。乍一看冬以为它是个平滑的椭圆形,但近看时他发现它有许多平面,每两个平面中间都夹着棱角,每个棱角都反射着烛光。宝石的底部安着一个金环,像是它的脖子。冬弯下腰仔细端详,看到这玻璃状的宝石深处有成千上万的细小晶片,像是裂开的蓝色冰块,每一处晶片都折射着光,因此整块宝石璀璨夺目,像是一块布满星星的石头。这是一件漂亮的东西,而且他相信它在某种程度上是强大的。它似乎蕴含着一个秘密。如今被捧在乔格肮脏的大手里,它看起来很委屈。冬迫切希望把它从乔格手中拿走——不是偷走,而是拯救。他伸出手想摸一下它。

乔格把手往后一缩。"不许碰!"他叫道,"只能看,不能摸。"

"这是什么?"冬问道。

"我告诉过你,卓恩,"乔格说,"这是一种宝石,被叫做钻石。"

"那它有什么好处呢?"

乔格恼怒地叹息了一声。"它是一个奇迹,"他说,"多少人一掷千金只为能看它一眼。有一天,只要我们想,就可以用它换来任何东西。"

"比如一座山顶上的石头房子。"约里克说。

"房子四周都是肥沃的田地,还有高高的围墙,"他母亲补充道,

“哦,那么高的墙。”她叹了口气,把手指扣在一起。

“还有供我们使唤的仆人,有动物,有我想要的所有衣服。”堪扎说。

冬并没有专心听。他现在确定了,就是它!这钻石就是书中提到的那块。他浑身一阵激动,有一阵子甚至忘记了呼吸。“还有更多的吗?”他问道。

“当然没有!”乔格大为光火,“你也想要一块,对吧?哼,你来晚了。只有这一块,唯一的一块。”

“你从哪里得到的?”冬问。

“就在上面,”乔格把大拇指指向头顶的黑暗,“就靠近那个——”

“别说,别说!”约里克叫道。

他的父亲轻蔑地看了他一眼:“为什么不说?”

“因为……因为这是个秘密。”约里克吞吞吐吐地说。

“以前是个秘密,”乔格更正他的话,“一个等待着我们的秘密。但现在不是了,只是一个空房间。”

“你的意思是,那地方在洞外面?”冬问。他本以为乔格是在这儿的储藏室里发现宝石的,“在我们的上面?”

乔格点点头。“就在山腰上,”他说,“是古代人建的。或许这宝石对他们来说就像神,他们到那里去膜拜它。”他捡起那块布,重新把钻石包了起来。“你知道什么是神吗?”他问冬。

冬说他不知道。

“神就是这世上最强大的人。神统治整个城市，甚至整个世界。神拥有财富，包括宝石。那么。”他咧嘴笑了起来。他挺起胸膛，仰起下巴。“这让你想到了谁呢？”

冬没有回答。但乔格似乎并不需要一个答案——他自己对答案确信无疑。他把再次被裹得严严实实的钻石递给约里克。“把它收起来，”他说，“至于你，杜布，不会被允许单独待在这里超过半秒。所以你没有丝毫机会拿走我们的钻石。”

“我不是小偷。”冬说。

乔格提高了嗓音。“好了！都上床睡觉。米妮，你去做火看，第一轮。下楼去吧。”

米妮穿上件外套，匆忙下楼去了。

“什么是火看？”冬问道。

“当然是去看着火，”乔格厉声说，“这样火就不会熄灭。当我们认为可以信任你时，可能你也会被轮到。”

堪扎走进了一间卧室。约里克从房间后面的一张床上探出头来，斯加哥则躺在离沙发不远的一张床上，膝盖蜷缩到了下巴附近。冬脱掉夹克。他很不情愿地坐到沙发上，拉过那块带着霉味的臭烘烘的毯子。

“都睡下了吗？”乔格喊道。

“是的，爸。”卧室里传来堪扎的声音。

“嗯。”厨房旁边传来约里克的声音。

斯加哥和冬什么也没说。

“警告你一句，小断，”乔格说，“如果你想在夜里悄悄爬出去，门儿都没有。我们会听到链子的响声。”他把蜡烛拿进了另一间卧室。那卧室里随后传来窸窸窣窣的衣物声、吱呀吱呀的床响声和喃喃的低语声。然后烛光灭了，房间陷入了黑暗，就如同冬内心的恐惧和绝望。

“做个好梦。”乔格喊道。

冬躺在沙发上毫无睡意。他的脑子里反复沸腾着同样的想法，直到他担心自己的脑袋会被烧出个洞：为什么他那么笨，让他们抓住了？为什么他之前没想过这里可能有危险？如果他再小心点，这事会发生吗？莉娜晚上在哪里？她还好吗？如果不好，那都是他的错。

备受这些想法折磨的同时，他还念念不忘那块蓝宝石。他断定这宝石是留给微光城民的。它那么美丽，充满了神秘。它被留在这里是有目的的；这点他很肯定，而且他肯定乔格不知道那目的是什么。但我可以知道，冬想，如果我能拿到它，能真正仔细地看看它，我就能知道。

他翻了个身，踢了踢绕在脚上的毛毯，链条跟着响了起来。

黑暗中传出乔格的声音：“快睡觉。”

“如果你把这链子去掉，也许我就能睡着了。”冬说。

“不可能，”乔格说，“我可不想让你梦游，哈哈。”

又过去了很长时间。乔格开始打鼾——先吸一口气，然后鼻腔里开始低鸣，再然后是呼哧的喘息声。约里克呼吸平稳，鼻子里不时发出哨声。睡在隔壁房间的堪扎在梦中咕哝着什么。睡在离他几英尺处的斯加哥却似乎还醒着，发出阵阵呜咽声。冬想也许他正在自言自语，因为白天他没怎么说过话，或者他正在哭。

他再次试图和他沟通。“斯加哥。”他悄声说。

呜咽声停止了。

“斯加哥，”冬又叫了一声，“斯加哥，回答我。”

从斯加哥的方向传来微弱而急促的声音：“嘘！嘘！嘘！”

冬把自己的声音压得更低一些。“你知道那钻石是什么吗？”没有回答。“你听我说，”冬说，“你什么也不用说。当你一个人的时候，看看这个沙发的下面。我放了点东西在那里。”

那沙发中间有一块凹下去了。冬裹在那块薄毯子里辗转反侧，试图找一个舒适的位置躺着。他必须离开这里。这意味着他必须找到钥匙打开脚链。

14.
怪事

肯尼·帕顿的心情不太好。他差不多总是有点冷、有点饿,这感觉很不舒服。更糟糕的是,一切都是那么无聊。一周有几天都要去上学,这在他看来就是在浪费宝贵的时间。学校里大部分时候都几乎没有学生。他们都待在家里,或者帮忙照顾生病的兄弟姐妹和祖父母,或者帮忙修理漏水的屋顶,或者因为他们自己的身体不舒服。来上课的学生则往往整节课都在打瞌睡。不过,学校的老师伊奈特·布罗维尔却几乎每天都来。上午她会花三小时给学生们讲历史故事或者说天地万物。她顶着稀疏的灰色头发,脖子长长的,手总是紧张地在空中比划着,仿佛想把她说的内容都画出来。

“今天,”比如她会这样说开场白,“我们要讨论‘古代的交通方式’。”说话间她会把右手的食指往身体右侧划动,再从右侧划回左侧,然后再从左侧往右侧划动,生怕别人不知道交通是四处移动的意思。当说到飞机时,她会将一只手飞过自己的头顶;当说到火车时,她的双肘会前后摆动。

那天,上课的内容是“古代的日用品”。他们要对此有所了解,布罗维尔女士说，因为有一天他们会再次学习如何制造这些东西。“你们在座的其中一些人，”她说，“可能会学习如何制造洗衣机、炉子或抽水马桶。”

“什么是抽水马桶？”一个最小的学生问。

有些人开始窃笑，但布罗维尔女士对这个问题并不感到尴尬。“抽水马桶，”她说，“可以让人类将排泄物干净地冲走。在先锋楼的房间里你们可以看到。它们是白色的，形状像一只很大的碗，后面带着个盒子一样的东西。”她用双手做了个碗的形状，然后又做了个盒子的形状。

“但它是怎么工作的？”有人问道。

“水从盒子里冒出来，”布罗维尔女士说，“冲走排泄物。”她的手在身体两侧扫了一下。

“那然后它去哪儿了呢？”

那一秒布罗维尔女士显得有点困惑。肯尼看得出她不知道这个问题的答案。她本应该承认这一点，并没有人会责怪她，但她不想显得无知。于是她说：“它走得很远，很远。”

“但它是怎么走的呢？”肯尼问。

布罗维尔女士皱起眉头。“需要通过管道，”她说，“要有压力，还要有电。这过程太复杂了，我和你说不清楚。”

在肯尼看来，古代的一切似乎都和电有关。每当他问起什么东西是如何工作的——比如汽车、电灯、冰箱、望远镜——答案总是电。但当他问及什么是电，电是从哪里来的，为什么现在没有电了，布罗维尔女士从来都不知道答案。其他的老师也都不知道。肯尼的结论是，所有不可思议的东西都和电有关。他曾问老师鸟儿会飞是否也是因为电。“当然不是，”她说，“鸟儿可以飞是因为它们有翅膀，而且因为它们有生命，不是用电驱动的。”

“那是什么驱动的呢？”肯尼问，但老师只是不耐烦地摇了摇她的头。

另一个老师曾去过爱德华·帕克在方舟后面建造的图书馆，他在里面看到过一本书。他说电来自闪电。但人们是如何利用只持续几秒的“之”字形闪电让一盏灯亮起来的呢？肯尼无从知晓。他喜欢把事情刨根问底弄个明白，但却无法得到他想了解的电的知识。

学校里他唯一喜欢的课程是自然课。在这门课中，每个学生每年都有一个作业：观察某件东西，并记下所有你可以记下的东西。例如去年肯尼的作业题目是“蚂蚁”。他花了几个小时观察蚂蚁如何沿着波形路线长途跋涉，观察它们如何携带草末前行，还找到蚁巢并认出那些白色的小颗粒就是蚂蚁蛋。他将这一切都写下来，还加了些简笔画。他的报告和教室里的收藏陈列品放在一起。前年他的作业是“尖冠蓝鸟”。那个比较难，因为鸟儿比蚂蚁难跟踪。还有一年他的作业是“草莓属植物”。他写了这些植物何时种植、如何生长，以及如何防范尖冠蓝鸟偷盗它们。

奇妙的是，冬以前在他的地下城市里也做过类似的事情。这是肯尼和冬感到亲近的原因之一——他们很相似，至少在某些方面是如此。冬曾经收集他观察和记录过的昆虫——但离开微光城时他没带上。肯尼很希望能看到那份收藏，他想那一定是份杰作。

除了自然课，学校对于肯尼来说似乎只让人更困惑，或者让人觉得很无聊。很久以前他就学会了读书，但他并不太喜欢读书。这里没有任何有趣的东西可以读。他的算术学得还不错，但只到一个数字和另一个数字中间隔条线上下摞着的部分（即分数），再往后他就有点糊涂了。

在学校时他很不安分。即使是冬天，外面的世界也总在吸引着他。雨停的时候，如果他母亲不需要他帮助做家务，他就跑到涨满雨水的河边，看着水从岩石中倾泻而出，或者走到另一边的树林里四处探寻，如果能看到一只正在打盹的猫头鹰或者一只消失在草丛中的兔子，他就很开心了。

这个寒冷的下午，他套上两件毛衣和一件夹克，出去找冬。在肯尼眼里，冬既是个大哥也是位英雄。自从搜宝者来的那天他教会冬做驱狼口哨后，他就再没有看到过冬。该找冬聊聊了，肯尼想，于是他沿着河边的路朝先锋楼走去。

外面的空气冰冷，但是有太阳。肯尼迈着轻快的步子向前走着。路过方舟时，他看到人们正在努力修补塌陷的屋顶。再走远一点，他看到一些人正在翻检一片枯萎成棕色的黑莓丛，试图寻找鸟儿偶尔错过的已经干枯的小浆果。这会儿如果能吃到些浆果就好了——只是想想就已经让他的肚子咕咕叫了——但当他问是否有收获时，搜索者们说还没有。

到达了先锋楼，肯尼绕到后面去看那里的施工情况。人们正在乱糟糟的工地上忙着拆毁旧建筑。到处是成堆的板子，带框的窗户相互靠在一起，大块的混凝土和石块像小山丘一样堆积着。等到了春天，那时的气候比较稳定，人们就会用上这些材料，加上用泥浆和茅草做的砖块，为那些栖身在这破旧旅馆的急需住处的人建造房屋。

肯尼四处小跑着寻找冬，但没看见他。赛吉·美林在那边，正在湿漉漉的地面上吃力地拖着一根沉重的横梁，呼出的热气在空气中凝成阵阵白雾。那个叫切特·诺姆的男孩正在搬运成桶的铁钉。还有娇弱矮小的沙隆小姐，她以前是微光城的一名教师，现在也套上工装裤，穿着宽大的棉袄，在那里帮着扯地线，勾画出未来房屋的轮廓。肯尼逛着、看着，最后在旅馆的后门那里见到了冬的父亲。他旁边放着一大盆钉子、螺栓、垫圈等，他正在用左手把它们分类成堆。他的右手完全被包扎了起来。

肯尼向他走去。“嗨，冬父亲。”他问候。

“嗨，肯尼。”洛林·海洛停下手中的活，抬头冲他微笑着。

“您的手怎么了？”肯尼问。

冬的父亲解释了一下。

"现在好点了吗?"肯尼问。

"我想是吧,"冬的父亲说,"就是感觉有点……嗯,有点疼和肿胀,但我想这是正常的。"

"我正在找冬,"肯尼说,"但我找不到他。"

"因为他不在这里,"冬的父亲说,"他这周住在海斯特医生家里,去帮忙。昨天刚走。"

于是肯尼回转身,再次踏上那条沿河的路,前往村庄的另一头。他悠闲地走着,时而停下来观察一只仰面朝天挥舞着双腿的甲虫(他用一根树枝把它翻了过来),时而捡起一根没沾上泥巴的干净的蓝色羽毛,时而拾起一个石块尽可能远地扔到田野里。他看到几个人沿河走着,手里拿着杆子,满心希望能抓到鱼。

肯尼到医生家时已经是傍晚了。院子里,托伦坐在夕阳照耀下的一条板凳上,正在玩他的珍宝之一——一架玩具飞机,拿着它在空中不断攀爬俯冲。波比蹲在那里,正把一根小树枝一点一点地折成小段。她完全蜷缩了起来,看上去像是一个长着脚的鼓鼓的包裹。

"嗨,托伦,"肯尼说,"冬在这里吗?"

"没有。他怎么会在这里呢?他一直在先锋楼干活,估计这会儿也是。"

"他不在,"肯尼说,"我去那里找过他。莉娜呢?"

"她也在那儿,"托伦说,"他们还需要些帮手,所以她就去了。

要去三四天。我想她是厌倦了这里的生活，想要来个大的改变。曼迪搬来和我们住在一起了，正在厨房里做汤。”

“哦！”肯尼说。他思考着。他感觉是有人把事情搞错了，但又不确定是谁。

波比拽了拽他的衣袖。“我把棒棒弄断了。”她说。

“真能干，”肯尼说，“好孩子。”他轻轻拍了拍波比的头。“莉娜走多久了？”

“我不知道，”托伦把他的飞机大角度俯冲下来，“也就两天吧，我想。怎么了？”

“哦，没什么。我只是想为什么……我只是觉得有点奇怪……哦，好吧。没关系。我要走了。”

“去哪里？”托伦说着放下飞机，“有什么奇怪的？”

这时房子的门开了，默多夫人走了出来。她的衬衫上染着污渍，头发有些蓬乱。肯尼看得出她很累。“你好，肯尼，”她说，“波比，外面太冷，不能待在外面了。你该进屋了。托伦，你也进来。”

“我不冷。”托伦说。

默多夫人耸耸肩，显然并不打算和他争论。“那等你冷的时候再进来吧。”说着她拉起波比的手，两人回到了屋里。

“那我走了，”肯尼说，“再见。”

“你要去哪儿？”

“不去哪儿，就是回镇上去。”

“我能跟你一起去吗？你和我说说是什么奇怪了。”

“不用了，”肯尼说，他真希望刚才没说那句话，“我只是回家去。我不能误了吃晚饭。”

“你们都一样，什么都不和我说。”托伦说。他怒视着肯尼，但肯尼不理他，转身上路了。

肯尼一边往小镇走一边想着他听到的话。冬的父亲认为冬在医生家里，但他不在。托伦认为莉娜在先锋楼，但她也不在。这是什么意思？他想得太投入了，完全没察觉身后的脚步声。

15.

一个计划

暮色深了，肯尼的耳朵被冻得发痛。他加快了脚步。走到集市中心的时候，他已经把事情想明白了：冬和莉娜不在他们常去的地方，他们也没有说要去哪里。似乎并没人为此担心，这意味着冬的父亲和默多夫人最近没有交谈过，也意味着现在只有肯尼一个人知道这个秘密。

集市上的大部分店铺已经打烊，路上只有寥寥几个人在匆匆赶着回家。穿过集市时肯尼想，现在的问题是，他应该告诉别人莉娜和冬失踪了吗？也许应该。但很明显他俩是故意失踪的，也许肯尼不应该泄露他们的秘密？或者说暂时不应该？

迎面有个人从村政府的拐角处飞快地走来，差点撞上肯尼，肯尼赶紧侧身避让。“哎呀，”那个人说，“对不起，我刚才没看到你。”

是那个叫利兹的女孩。肯尼和她并不太熟——她是莉娜的朋友，也是他所见过为数不多的长着红色头发的人之一。但现在她的头发没夏天时那么有光泽了，苍白的脸泛着青色。

“哦，原来是你。”利兹说。

“听说你病了，”肯尼说，“现在好些了吗？”

“好些了，”利兹回答道，“但之前差点就死了。我咳得厉害，把身上一根肋骨都咳断了。估计肺都快要被我咳出来了。”她骄傲地看着他。

“那太糟糕了。”肯尼说。说话的时候肯尼在想，他应该把莉娜和冬的事情告诉利兹吗？他觉得不能告诉冬的父亲和默多夫人，免得他们惊慌不安；而且如果说了，那就背叛了冬和莉娜，打乱了他们的计划。但肯尼很难把这事情藏在肚子里。他需要对某个人说，对某个他能信任的人说。他能信任利兹吗？他还记得欺骗了他们所有人的那个叫提克的男孩，他知道利兹以前就是提克的女朋友。但是利兹被骗并不是她的错，大家都被骗了。

利兹转身要走了。肯尼犹豫了一下，然后说：“你最近看到莉娜了吗？”

“没有，”利兹说，她抬眼看着天空想了想，“我大概有……差不多有三四天没见过她了。怎么了？”

“哦，听着。”肯尼说。他拉着利兹的围巾把她带到拐角处，那里的墙可以为他们挡风，“我刚才发现了一个情况。”

肯尼告诉利兹这个秘密的时候，利兹很有兴致地听着。托伦也是如此——他正躲在一棵去年夏天被烧毁的枯树后面。托伦已经受够了被莉娜和冬抛弃，受够了总是被蒙在鼓里，于是他尾随肯尼到了镇上，肯尼遇到利兹时他就躲到了树后面。莉娜和冬的秘密让他既兴奋又恼火。别人去进行什么探险的时候总是不带上他，这次又是这样。他气得发疯，无法再保持平静了。

“我打赌我知道他们去了哪里！”托伦大叫着从树后面跳出来，差点把肯尼和利兹的魂吓飞了。

“你跟踪我。”肯尼说。

托伦不理他。“我们必须找到他们，”托伦说，“我可以帮忙。”

“没用的，”利兹说，“他们已经一起逃走了。”她抓起头发塞进衣领里，不让风把它吹得乱七八糟。“我就知道他们以一种独特的方式喜欢着彼此。能看出来。”

“他们会去哪儿呢？”肯尼问。

“去某个温馨的地方，”利兹说，“他们会把那儿收拾成一个真正的家。那是多么快乐啊，”她的声音里充满了无限的向往。

“可他们才十三岁。”肯尼说。

“那有什么。现在是个全新的世界！以前的老传统早就过时了。”

“你真是个笨蛋，”托伦说，“莉娜不会那样做的，我了解她。她不可能丢下波比和冬私奔。我知道她不会的。”

“你还小呢，不明白。”利兹说。

“我不小了，”托伦瞪着她，“我知道他们干什么去了。”他说：“这种受冻挨饿的日子他们过够了，所以他们去做搜宝者，离开这里去了别的地方，远离这里的一切。我敢肯定镇上有人丢了一辆货车，还有一头牛。他们肯定朝那座古城的方向去了，因为莉娜以前去过，她认识路。”

肯尼默默听着托伦的话。有可能，但不一定，他想。尽管托伦和莉娜住在同一屋檐下，利兹也是莉娜和冬在微光城的老相识，但这两个人似乎都不够了解他们。

利兹和托伦不停地争论着。利兹说托伦太小不懂事，还说以前在微光城有个叫罗普的人，如果那时他提出带她私奔，她一定会同意的。托伦却说如果有可能，任何人都想成为一个搜宝者，即使要偷别人的货车也没关系，又说他哥哥卡斯帕就是搜宝者，等他长大了就去找他哥哥。

最后，利兹把头转向肯尼。“你一句话也不说，”她说，“你觉得谁说得对，我还是他？”

“哦，我觉得你们都不对，”肯尼说，“我想他们是希望帮助别人才离开的。现在这里有困难，就像他们以前的城市一样，所以他们想做点什么。”

利兹和托伦都盯着他，有好一会儿没有说话。然后利兹说：“或许你是对的。”

“有可能。”托伦说。

“那么，如果他们想帮忙解决困难，”利兹接着说，“他们能去哪儿呢？”

“去一个能找到我们想要的东西的地方。”

“但那是哪儿呢？这附近的人都是一无所有。”

肯尼仰望天空想着。他摸着下巴。如果是他自己想要给这里帮忙，他会怎么做？他会去哪里？“会不会去北边了？”他说，“也许他们搭了上次来这里的那个搜宝者的车。”

“但等他们到那儿的时候，用什么买东西呢？”利兹说，“他们手里没什么可以用来交换的。”

“这倒是。”

利兹皱着眉努力想着：“或者去了那座废弃的古城？也许上次莉娜去的时候看到了留在那里的什么东西。”

“不可能，”托伦说，“如果那里有好东西，卡斯帕早就把它们带回来了。”

他们一时不知道该怎么办了。他们站在那寒冷的小巷里，耳朵和鼻子尖被冻得越来越凉。利兹用围巾包住头。她开始咳嗽。“这里比微光城冷多了，”她抱怨道，“这里的空气不但冷，还动来动去的，像刀子一样割着皮肤，这是最让人难受的。”她又咳嗽起来，剧烈的咳嗽让她的眼里充满了泪水。“在微光城，”她接着说，“没有水或冰从天上掉下来，不像在这里。那里的人也生病，但至少他们有药，有时候还是管用的。在微光城……”她停了下来。“啊！”她说。

“啊什么？”托伦问。

“我知道他们去哪儿了。”利兹说。

“一定是去了微光城！”肯尼喊道，“我敢打赌你是对的！但是，那里还有东西剩下吗?”

“可能有,”利兹说,“至少有一点。说不定比这里的要多。”

“那就对了。他们就是去了那里。”肯尼现在非常确定了。这符合莉娜和冬的风格:他们想帮助星火村,他们熟悉微光城的情况,他们敢于孤身重返微光城。

“那我们应该做什么呢?”利兹说,“如果追上去告诉他们这样做太危险,他们会回来吗?”

“去微光城很危险吗?”肯尼问道。

“肯定啊,”利兹说,“微光城现在一片黑暗。再说他们怎么进去呢? 不可能沿着那条河往上走吧。”她擦了一下鼻涕,“我想他们肯定是被这里的寒冷、麻烦和所有的一切折磨得太苦,脑子有点不对了。”

“我们应该去救他们!”托伦喊道,“我不介意到荒郊野岭去。在我成为搜宝者之前,这是一次很好的锻炼。”

“但我们不认识路。”肯尼说。

“我大概还记得,”利兹说,“就在那边。”她向东北方向不确定地挥了下手。

“我们不可能赶上他们的,”肯尼说,“他们已经走了很久了。也许正在返回的路上。或者他们碰到意外被困在微光城了。如果我们爬上田野尽头的那座山,有可能会看到他们。这样我们就能去帮他们了。”

托伦已经完全等不及了，他的眼里闪烁着急切的光芒，外套随着他的上蹦下跳拍打着。“我们必须马上出发！”他喊道。

“但不能晚上去。”利兹把她的夹克再裹紧一些。

“明天吧，”肯尼说，“我们早点起来，日出的时候在远郊的田野上碰头，怎么样？然后我们爬到山上去看看。”

“没问题！”托伦喊道，“我们明天就去！”他跳起来，用拳头捶了捶墙。离他们几码远的地方有扇窗户打开了，本·巴洛探出头来。“吵什么？”他喊着，但已经没有人了。

16.

与梅格斯过夜

“好了，”梅格斯说，“现在带你去我找到那本书的地方。”她把莉娜画的那张图片留言条从峭壁丢了下去，现在回来了。天空很快变得更黑，太阳马上要落山了，乌云正在不断积聚。梅格斯从马车侧面的钩子上取下一只灯笼。那灯笼是用锡罐头盒做的，里面点着一根蜡烛，和星火村的灯笼很像。“跟我来。”梅格斯说，她朝山洞入口左侧的树林走去，那里正是前一天晚上莉娜捡柴火的地方。她们在浓密的灌木丛和扎人的树枝间穿行着。“就在这里的某个地方，”梅格斯一边踏过脚下的矮灌木一边说，“那地方不是我发现的——是华士——不过后来他把我们都带过去看了。”

树林里很黑，外面没多少光亮透进来。梅格斯的灯笼在莉娜的前方照出一个金色的小圆点，莉娜加快脚步跟着它。几分钟之后，她感觉地面有点向山坡上倾斜了。梅格斯在横七竖八的树干间躲闪穿梭，莉娜跟在后面，脚下厚厚的落叶被她们踩得沙沙作响。

“就是这儿。”梅格斯说。莉娜赶上来站到她身后，看到了自己以前瞥见过的东西：前方的树林中透出的一道微弱的反射光。“走路小心点，”梅格斯说，“我们就快到了。”

又走了一会儿，梅格斯突然“哎哟”大叫一声停了下来，紧跟在后面的莉娜差点撞上她。“什么东西戳到我脚趾了。”梅格斯抱怨道。她踢开一些落叶，莉娜看到落叶下面有几级台阶——方正而平整，显然是人造的。就在台阶旁的不远处，闪耀着某种从金属上折射出的光芒。她惊讶地看着那发光的地方，发现山腰上原来有扇门，用金属包着边，上面安有一个金属把手。

梅格斯拉动把手，门吱嘎一声打开了。“这里面可能有蝙蝠或者别的动物，”梅格斯说，“最好我先进去看看。”她走了进去。“没有蝙蝠，也没有动物。”她在里面大声说，于是莉娜也走了进去。灯笼的光照亮了一个没有窗户的简朴而空荡的房间，一张小金属桌侧翻在地上，门口散落着几片显然是被风吹进来的树叶，其他就什么也没有了。

“那书本来是在这里的吗？”莉娜问，“房间里没别的东西了？”

“哦，有的，”梅格斯说，“还有宝石。当然，华士已经把宝石拿走了，只把那本书给了我，留着点火用。”

“宝石？”莉娜问，“什么宝石？”

“一颗钻石，”梅格斯说，“华士是这么跟我说的。就像我刚才歌里唱的那样。它很漂亮，华士肯定能把它卖个好价钱。”

莉娜感到既不解又失望。那本书一定和那颗宝石有关，可为什么要为宝石写一本书呢？宝石通常都只是用来装饰的。但不管怎样，宝石已经没有了，也没什么新发现可以告诉冬的。

“嗯，谢谢你带我来看。”莉娜说。

“不客气，”梅格斯说，“如果天黑前我们想再多走点路，现在就要回车上出发了。”

但她们并没走多少路，因为只走了大约半小时天就已经完全黑了。“该点灯了，”梅格斯说，“那边看起来是个宿营的好地方。”

梅格斯吆喝着、戳打着把羊群聚拢在一起，赶着它们朝一片树冠低垂的橡树林走去。等马车到了树枝底下，她喝住拖车的马并卸下了它的笼头。

“这马叫什么名字？”莉娜问。

“高兴。”梅格斯说。

“可它看起来并不高兴。”莉娜说。

“哦，它以前高兴。现在它老了，等你老的时候也很难高兴起来。”

莉娜对此有所怀疑。事实上她并不同意这句话。以前她的祖母也很老，但总是很快乐。如果这匹马有足够的食物吃，而且不用这么辛苦地工作，莉娜相信它也会很高兴的。她在马肚子上轻轻拍了一下。

“我们就在这里生火，”梅格斯用一只靴跟捣了捣地面，“趁还没下雨，最好动作快点。你去找些引火的柴火来。”

莉娜在周围跑来跑去地找着，拢起能用的草和大大小小的树枝，一并抱给了梅格斯。梅格斯很快扎起一个坚固的堆栈，引火物放在底部，较大的树枝搭在顶上。“现在来点火。”她说。她从腰上系着的一个小皮带子里取出两块石头。

“等等，”莉娜说，“我有火柴。”她取下她的包，把手伸进去，从里面摸出一根火柴。

梅格斯贪婪地看着那根火柴。“你有多少？”梅格斯问，“你给我的那根已经用完了。”

“我也只剩几根了。”莉娜回答道。她决心要保护好这些火柴。她练习过用火石取火，但总是用不好。没有火柴她一天都不能过。

但即使有火柴，也很难把火堆维持住。草被冬雨打湿了，不好点着；即使点着了，火也总是被风吹灭。重新点火又费了莉娜两根火柴。“我就不该卖那本书，”梅格斯说，“不然现在就用得上了。”

“烧书是件可怕的事，”莉娜说，“你永远不知道书里可能写着什么。”

梅格斯只是“啐”了一口，摇了摇头。

火终于越烧越旺了。“现在，”梅格斯说，“你看着火，我去把车收拾一下。今晚咱俩都要在车里凑合一夜了。”

她再次钻进了货车。车子开始摇晃起来，吱嘎吱嘎地响着，然后一个盆、一口煎锅、一对锡盒和一只大桶从车后面飞了出来。“等会儿还要再扔一些，”梅格斯从车里出来时说，“里面太挤了。”

“它很……特别，”莉娜说，“我是说马车的车罩。有那么多种颜色。”

“喜欢吗?”梅格斯说,“我自己做的。都是些旧的塑料片和锡纸——包、雨衣、雨伞、扁罐头盒,等等。我收集了好多年呢。”

她们的晚饭是某种黏糊糊的汤,在火上稍微热了一下,然后倒在破裂的杯子里。梅格斯呼噜呼噜地大声喝着汤,同时说着话。她们坐在那个火星四溅的小火堆旁,在吃饭的大约半个小时里,梅格斯几乎一刻也没停止过说话。她讲的大部分是她经历过的苦难。一只绵羊最多只能换五袋玉米,她一直在这座山和四周各种穷困潦倒的居住地之间辛劳奔波,羊群很难控制——如果走散了就会被狼吃掉;冬天外出很艰难,想找间旧谷仓或者废房子躲风避雨也很不容易。“上次那场大雷暴雨差点要了我的命,”她说,“我找到一间破马厩躲了进去。但是雨水从屋顶漏下来,把我的火浇灭了。闪电还击中了马厩旁的一棵大树,把它劈倒在地上。”她举起她的长棍对着天空挥了挥,仿佛威胁天上那个制造恶劣天气的人。“我这人心肠好又大方,而且绝对是个一心为家的好妹妹,”她说,“但我实在是受够了。”

就在这时,黑暗中有什么东西叫了起来——长长的叫声直冲天际,升起,落下,消失,再升起。莉娜急忙回头看。“那是什么?”

“是狼!”梅格斯说,“它们准备捕猎了。”

“我从来没见过狼。”莉娜说。

“哦,算你走运,”梅格斯说,“最好离它们远点。你见过那颗绿色的星星吗？会动的那颗？”

“见过。”莉娜说。

“真是古怪，”梅格斯说，“它不像普通星星，从来不待在同一个地方。走到最后会消失几天，然后又回来了，又到处乱走。”

“它不会有危险吧？”莉娜问。也许应该把它加入她的危险物名单。

“谁知道呢？”梅格斯喝光了杯子里的汤，用衣襟把杯子擦干净，说，“可能有，可能没有。”

这时乌云遮住了星星，一些雨滴随风飘下。一直在松散闲逛着吃草的羊开始聚拢，很快就紧贴在了一起，形成一个大的羊毛团。“我得买只狗。”梅格斯皱起眉头看着羊群。

“买只狗？为什么？”莉娜问。

“如果狼来了狗会警告我，还会把狼吓跑保护羊群。我的老狗两个月前被响尾蛇咬死了，我还没找到一只好的来替代。”

莉娜把响尾蛇加入了她的危险物名单。“你知道驱狼口哨吗？”莉娜问，“用一片草叶就能吹的那种？”

“哦，知道，”梅格斯说，“那口哨有时候管用。”她的腰带上挂着很多小包，她从其中的一个里面掏出一支粗短的蜡烛，放在火堆上点燃。“拿着这个爬进去，”她指着马车说，“快点，趁你还没被雨淋湿。”

莉娜一手拿着蜡烛一手拿着她的包走到了马车的后部。她拨开一片缝满补丁的篷布，先一条腿跪在车板上，然后用膝盖使劲撑起整个身体。手里拿着蜡烛很难钻进马车，但莉娜还是做到了。她先把包塞进车，然后自己也爬了进去。

天哪，这是个什么地方！低矮、狭窄、拥挤，充斥着不知是羊的汗臭还是口臭，总之到处是羊身上臭烘烘的气味，而且看起来连一个人也难容下，更不用说两个了。头顶的钩子上和车板上的包裹里全是杂七杂八的东西，在每个架子、布袋和破旧的衣服包裹旁边，在每条车厢缝隙里全都塞着东西，大大小小的东西在她的烛光下映出一团团黑影。莉娜的心沉了下去。但她听到了雨水拍打车篷的声音，想象着此刻可能她正摸黑在山间穿行，大雨劈头盖脸地浇下来，把她的衣服浸得潮湿冰冷。这里已经很好了，莉娜想，虽然难以忍受，但比外面强多了。

车里也有两处稍微平整的地方，莉娜猜它们就是今晚的床铺。其实那就是两条堆着毛毯和其他杂物的长凳。它们被竖着放在车里，中间只隔两三英寸的距离，这意味着莉娜会睡得离梅格斯很近。梅格斯身上臭气熏人，还可能有跳蚤，但是没办法。

莉娜看到一只小罐子，罐口有些蜡滴。她把蜡烛插在里面，把手腾了出来。

这时马车猛地倾斜了一下，莉娜身体一晃倒在了一条长凳上。梅格斯蓬松的头出现在了车后。“没错！”她喊道，“那条凳子就是你的。下雨了！我这就进来。”

一开始车里很难装下她们两个人。尽管莉娜蜷缩起腿抱紧膝盖，梅格斯仍然在车里东碰西撞的。她嘟嘟囔囔地抱怨着，不时有东西从钩子和架子上被她碰掉砸到莉娜的头上。外面车篷上的雨点越发落得急了。

“这些东西都可以扔掉。”梅格斯说。她把一个汤罐和一只水瓶扔到车外，然后又扔出一个洗碗盆、一些橡胶靴和一条三只腿的破凳子，“不过这些东西今晚可能需要，我得把它们拿好了。”她说着伸手去够什么，突然一串锡罐子落到她头上，发出一阵嘈杂的稀里哗啦声，但她似乎并不生气。她抬起一只手臂，莉娜看到那些罐子都被捆扎在了一起。“这是什么？”她问。

“是用来吓狼的。”梅格斯说。她用力摇了一下那串罐子，刺耳的稀里哗啦声再次响起，“这是我自己做的。如果夜里听到狼叫，就出去把这些东西摇一圈，通常是管用的。”

这是一个漫长而且很不舒服的夜晚。马车在大风中轻微摇晃着，雨水从帆布顶篷的缝隙中滴下来。梅格斯打鼾，说梦话，身体动来动去，不时用手肘猛捣一下莉娜，嘴里还散发出一股烂洋葱的臭味。莉娜尽量离她远点，紧贴到车边，然后闭上了眼睛。但她的心中仍然如白昼般清晰，一幅幅画面在脑海中纷扰着，搅得她无法入睡：冬被绑匪带走了；微光城里烟雾缭绕；那些头上带着火焰的可怕的陌生人；回到星火村后家人生气的面孔，村子里的麻烦已经够多了，她还在添乱。

同一个晚上，肯尼、利兹和托伦也睡不着。他们听着雨声很不开心。如果明早雨还不停怎么办？如果他们不能展开营救冬和莉娜的冒险之旅怎么办？他们三个真的都很想去。

在地下的微光城，乔格一家的巢穴里，冬甚至都不想睡觉。他努力回想着，把白天所有看到和听到的都在脑子里分析着，把一切可能脱身的办法都想了个遍。最后他想到了一种可能。如果他想错了，他的处境将会比现在更糟糕。但他认为他的想法可能是对的。他的心开始砰砰地快速跳动起来。

17.

钥匙的秘密

等到乔格的鼾声变得平稳，斯加哥不再呜咽，人人都睡得很熟的时候，冬坐了起来。他抱住脚链不让它发出声响，然后把腿放到沙发的边上。他脱掉衬衫，再脱下柔软的旧棉布背心，把它缠在链子上并塞进脚铐里。他小心地忙着，双脚只分开了一寸距离，铁链没有发出叮当声。冬穿回衬衫和夹克，把围巾塞在一只口袋里，然后站了起来。他从地上捡起自己的灯帽，把它沿蜡烛卷起来放在另一只口袋里，然后，借着窗户里从下方哈肯广场的火堆透上来的微弱光线，迈着笨拙的步子一点点地向门口走去。

走到门口时，冬停顿了一下。除了此起彼伏的呼吸声和打鼾声，到处都是静悄悄的。没有人察觉到他的动静。他想到了壁橱里的那块钻石。他强烈地感觉到那钻石需要救助——就像一个本应由家长呵护却被偷走的孩子一样，而他就是那个可以救它的人。但这样做的风险很大。如果乔格他们听到声音并抓住了他，他可能就永远失去了获得自由的机会。冬曾告诉乔格他不是小偷。但那钻石是属于微光城民的，他确信这一点。所以真正偷钻石的是乔格。

他应该试着去拿它吗，现在就动手？冬几乎无法忍受把钻石留在这里。但如果动手却被抓住了，他将失去这次争取自由的机会……怎么办？他在黑暗中站了几秒，权衡着问题的轻重。最终，他选择了自由。但在他的内心深处仍然存有一线希望，希望自己以后还可能回来，还有机会拿回本应该属于他的珍宝。

他转动公寓门的把手，门悄无声息地开了。他走出门，又转身把门关好。他在最顶端的楼梯上坐了下来，然后毫无声响地每次往下滑一级，就这样坐着下了楼梯。到楼梯底端后他又停了一下，躲在门廊的阴影处往外看着广场。

米妮正背对着他坐在火堆边的一把大扶手椅上，身旁放着一堆短棒木柴，手里拿着一根长棍。她用长棍戳了戳火堆，一些火花飞溅出来，然后她一动不动地坐了一会儿。冬等待着。几分钟后她弯腰拿起一块木头扔进火里。火苗吞噬了木块，跳动得更亮了一些。冬靠在楼梯旁的墙上，他决定不管多久都要耐心地等。

但他并没有等多久。过了大约十分钟，米妮的头开始往下垂，垂着垂着又猛地抬起来，然后再往下垂，又再次猛地抬起来。最后终于她撑不住了。她的下巴慢慢向胸口靠近，冬能看见她瘦骨嶙峋的脖子的曲线。她开始打鼾，鼾声细弱，带着嘤嘤的声音，像是在哀哀地哭泣。

时机到了。冬走上人行道，一步一寸地径直走向米妮。这过程花了很长时间。中间有一次米妮停止打鼾坐了起来，冬立刻停住了。但她只是无力地捅了一下火，又再次睡着了。

在火堆旁边，离她椅子几码远的地方，昨大晚餐用过的刀叉和锅碗瓢盆还都散放在地上。冬屏住呼吸，蹑手蹑脚地走近那堆东西。他选了把最小的刀，把它从那些可能碰到发出声响的东西中滑出来，再用两根手指捡起它。然后他朝米妮走了过去。

又是小心谨慎的几十个碎步。其间绕在链子上的内衣松了，他停下来再捆了一次。终于他站在了米妮的身后。现在就动手。他猜得是对还是错，现在就是真相大白的时刻。

正是米妮的紧张给了冬提示——尤其是每次接近冬时她那骤然的紧张不安。冬注意到米妮总将手放在喉咙附近，总是紧紧抓着胸口，总是从他旁边飞掠而过。是因为她有钥匙吗？

昏暗的火光在米妮油腻的头发上隐约闪着。冬尽可能地向她弯下腰，屏住呼吸，看着她那裸露的细瘦的脖子。他的心都快要跳出来了：在她脖子的肌腱处露出一根细绳。他迅速而轻巧地把那根细绳抬离她的皮肤，用刀割断，然后拉出来。没错——上面挂着的正是钥匙。

米妮动了一下。她用力拍着脖子，呢喃了几句。冬紧握住钥匙后退了一步。如果米妮现在醒来看见他，那一切都完了。

但她的头又垂了下去，鼾声再次响起。冬再后退几步，然后弯下腰，把钥匙插进脚链上的小锁，锁开了；他解下包链子的内衣，小心地把链子从脚铐中取了出来。

正当他直起身要跑时，火堆中的一大块木头咚的一声落到了地上，溅起嘶嘶的火花。声音把米妮惊醒了。她坐了起来，摸索着找她的棍子。冬呆住了。他只站在她身后几英尺远，如果此时挪动一下，米妮就会转过身看到他。

米妮拿着那根长棍站起来，朝火堆前走了一步。与此同时，冬万分小心地后退了一步。米妮用棍子戳着火堆，把烧完的余烬拨开，这时冬又退得更远了一些。他必须走到建筑群里离开她的视线——在米妮转身前躲在一处门口，在那里一直等到她再次睡着。

他以为他已经成功了。当她转身离开火堆时，他已经退得足够远，已经摸到了身后的一堵墙。米妮没有抬头看，而是径直走到椅子边坐了下去。冬已经准备好跑了。他要回灰石街去拿他的包，然后沿着那条向上的小路一直走出去。他的腿已经急得发痒了。

然后，在完成看火职责的同时，米妮似乎想起了她的另一项任务。她举起一只手拍了拍脖子，又坐直腰板更快地拍了几下。然后她用手指在脖子周围抓摸，把手伸到衣领底下掏着，又再次拍着胸口。接着她咕哝了一句，从椅子上跳了起来，发疯似的在椅子周围的地上找着。当看到掉在椅子后面的链子时，她发出了刺耳的哀号。“啊，快来人，快来人！”她喊道，“他偷了钥匙！他跑了！”她抓起两口平底锅使劲撞击着。梆！梆！乔格家的人从床上跳下来。冬还没来得及想怎么办，他已经听到了楼上砰砰的跑动声和嘈杂的说话声。

跑是不可能了。那样会被看到，会被追赶。于是他躲进了最近的一户门旁——就是乔格家公寓的隔壁——把身体缩在阴影中一动不动。

不到一分钟，乔格家的三口人就咚咚咚地跑下楼梯来到了哈肯广场。他们都穿着睡衣，披着外套，鞋带都还散着没来得及系上。约里克冲在最前面，他的头发疯狂地竖着。“他往哪边跑了？”他冲米妮咆哮着。

“我们知道是哪边，笨蛋！”乔格大声喊道，“他一定往出口跑了。你们所有人分头找。米妮，你也去。我们都要往出口去，但要走不同的街道。谁见到他就大喊一声。”他转身向公寓跑去。冬缩了一下，但乔格没朝他的方向看。“斯加哥！”他喊道，“下来看着火！”然后他们四个人就飞奔离开了。

冬长吁了一口气。他必须先找到他的包，然后找个地方躲起来，直到乔格一家放弃搜索。但这可能需要等很长时间。失望让他浑身绵软无力。本来他预想着现在已经出去了。

这时他听到头顶上方有声音——一阵刮擦声，然后停了一下，又是一阵刮擦声，还有砰的一声。过了一会儿，隔壁楼梯上传来不均匀的脚步声：咔—嘣，咔—嘣。冬从他藏身的门口看过去，看见斯加哥走下楼来到了广场上。

“冬！”斯加哥轻声喊道。

“我在这儿。”冬轻声应着。

斯加哥尽可能快地一瘸一拐朝他走来，手里拿着什么东西。“我听到你起床的，”斯加哥气喘吁吁地说，“我从窗口看着你的。然后她叫起来，他们都离开了，房子里没人了，我就把这个给你拿来了。”他递给冬一个黄布包裹的小包，“把它拿着，快点。”

冬的心急速跳动起来。他知道那里面是什么。但他犹豫了。“你会有麻烦的。”他说。

“不，我不会的，”斯加哥说，“乔格会以为是你拿走的。”他笑了笑，把小包塞到冬手里。“谢谢你帮我拿回宝贝。”他说。

冬把一只手搭在斯加哥的肩上。“我会回来救你的。”说完他立刻跑了。

忍受着金属脚铐刮擦脚踝的疼痛，他以最快的速度奔到搬运街，从那里的街角拐到灰石街，再跑到集会大厅后面的阴影深处。哈肯广场上的火光微弱地照着路边的街道，那亮度足以让他辨明方向。首先他必须找到他的背包——他得拿到他的发电机，那是他被捕时丢下的。他尽可能地壮着胆子在黑暗中疾走，一边努力辨认着自己到了哪里。他的一只手摸着身边的墙壁，数着经过了几扇门。当他认为到了他藏包的地方时，他用脚往各个方向横扫着地面，终于碰到了那个背包。他一把抓起它，把斯加哥给他的小布包放进去，然后把它背在了身上。

他的手在出汗，心跳得像在敲鼓。他冷静了一下。不能往那条小路走，因为乔格一家可能在那里伏击他。只能等他们离开之后他再出城。但他突然想到，不用浪费时间就这样蹲在一间黑暗的公寓里等着。他可以做一些有用得多的事情——他要去管道部。

18.

在管道部

冬来到管道部，发现门是半开着的。一走进去，旧橡胶和模具的气味扑鼻而来。那气味如此熟悉，让他一瞬间仿佛回到了过去。一切看起来都和他最后一次来的时候毫无差别——雨衣挂在钩子上，靴子放在下面——他还记得自己做管道部工人的第一天，记得他发现发电机的秘密时如何下定决心要修好它以挽救整个城市。但那时发电机已经修不好了，如今更是走向彻底的衰亡。最终他们离开微光城的方法也和他原本想象的完全不一样。

他用自己的小发电机照着明，开始走下通往地下河的长阶梯。虽然有灯泡照明，但仍然很难看清那些狭窄的台阶。他不得不放慢速度，脚小心地踩下去以免滑倒。他不禁想起那些死在这里的人，浑身战栗了一下。事实上，他很感激乔格“把他们清理了”。这事要是让冬自己做，那简直太可怕了。

似乎花了很长时间他才走完阶梯，到达了地下河畔的那条主干道。此刻他又听到了熟悉的河水声，依旧轰隆如雷。河水从管道部的北端汹涌而来，在两侧的石岸之间翻滚澎湃，经南端那个巨嘴般的出口奔腾而去。那出口正是他和莉娜曾驾着小船穿过的那个大洞。

冬在河边停了一下，努力回想着管道部的路线图。他需要想清楚如何通过那些迷宫一样的隧道到他以前发现的那个市长睡觉的房间。那房间里有市长从微光城民手中偷来的成堆成堆的东西。

但现在的管道部变了。除了冬手里的灯光，这里只有无边的黑暗、看不见的咆哮的河水和那些曲折通道上的无尽空虚——这里不再是他以前工作时那个忙碌的地方了。一个人影也没有，只有那些很久以前迷失在隧道里或者弃城出逃时不慎溺死河中的鬼魂可能还在此游荡。

他走进了河边主干道左侧的第三个隧道口。他告诉自己，现在要找到右手边墙上的第四个隧道口。他沿着隧道向前走着。发电机发出一个明亮的光圈，照亮了他夹克的前襟、鞋尖和他两边的墙壁。但他只能看到前方几英尺远，这让他失去了距离感。

被遗弃了九个月后，沿墙的管道和上方的天花板比以前更破旧了。水从墙上渗出来，从天花板上滴下来。他的脚总是踩进泥坑，里面的泥水溅到他的腿上。他开始不确定自己是经过了两个还是三个隧道入口，他感觉不到所在的通道有多长以及自己走了有多远。当来到他认为的第四个入口时，他犹豫了。如果他刚才拐错了方向或者毫无察觉地错过了一个入口怎么办？

但他的记忆没有欺骗他。几分钟后，他拐过一个弯，要找的地方就在眼前：是那条他第一次来时被绳子围起来的隧道。现在绳子还在那里，但其中一端已经松落在了地上。他沿着隧道走过去，发现隧道尽头的那扇门是开着的。他走了进去。

然后他笑了。

本来冬想检查过市长的房间就离开管道部。但就在他抵达地下河畔的主干道时，这个城市又颤抖着呼吸了一下。冬听到了那古老的发电机在轮子和曲柄转起来时发出的摩擦声和尖啸声，头顶上的灯开始闪烁，然后亮了起来。那一刻，一切看起来都和过去一样。主隧道往两个方向延展，顺着它纵伸着很多窄小一些的黑洞洞的隧道。奔腾的河流表面波光粼粼，像是有无数的鱼儿在飞驰。

冬站在河岸，看着、回忆着、思考着。最后他做了一个决定，而且他相信这个决定是正确的。

在灯光再次暗下来之前，冬沿着河畔迅速跑进了发电机室。他以前来过这里一次，当时噪音和混乱压抑得他只待了一小会儿。现在他没有再浪费时间盯着那台怪物般的旧机器。他做的第一件事就是在地板上生锈的旧零件和被遗弃的工具中间踢找着，然后发现一把螺丝刀并把它塞进了口袋。接着他放下自己的小发电机，来到了那台庞大的机器与地下河连接的部分旁。

他不得不跪下来，爬进那些急速旋转的齿轮和河岸边缘之间的狭窄夹缝中。那里有一根布满浮垢和锈斑的粗水管，从发电机的一侧伸出来，转了个直角弯入河水中。在它弯进去的地方，冬能看到水面下有个巨大的、黑乎乎的、看上去像铁一样的东西在间歇地转动着。那是让发电机产生电能的叶轮。

他必须切断那根管子——这样才能把水力从那台机器上断开。冬跑回到散放着工具的地方，找到一把可以用的扳手。他以前修管道的技能现在仍然很熟练。他用扳手卡紧那根连接管的接口处，用尽全身力气把它往后拽，差点仰面跌进河里。那陈旧腐朽的水管很快裂开了，碎成了边缘粗糙的几大块。发电机的齿轮转动立刻减慢下来，灯光开始消逝。只一会儿工夫，冬就站在了彻底的黑暗中。

唯一能听到的是流动的河水声。不再有水被抽入城市，灯也就永远不会再亮了。不久后，乔格一家将不得不离开，这也是他们应该做的。他们不属于微光城。然而冬此刻感到一阵强烈的悲伤。他杀死了他的城市。冬的心中能感到微光城的痛苦，就好像某个他深爱的人死去了。这是真的，他想。他曾经那么热爱微光城，尽管它存在很多问题。但微光城的时代就这样结束了。

现在冬面临一个进退两难的困境。乔格一家人正蹲守在出口的那条小路旁，下定决心要拦住他，防止他出去向外面的人说起乔格家的私人地下王国。冬不可能在他们眼皮底下溜走而不被发现。即使能溜过去，他往上走的时候需要照明，这样乔格他们就会看到光亮。所以，冬只能想办法把他们甩掉。

冬很清楚自己应该怎么做。他摸索着走出发电机室，在门旁找到他自己的小发电机，然后摇动起它的手柄。借着发电机的光线他回到河边的路上，再沿着阶梯向上走。快走到头时，他从包里取出一根新蜡烛点燃，在台阶上滴了几滴热蜡，把蜡烛固定在熔化的蜡滴上。然后他在旁边的阶梯上坐下，从口袋里取出在管道部里找到的那把螺丝刀。借着蜡烛的光，他卸掉了乔格安在他脚上的镣铐。他快速甩动了几下腿。再也不会有金属敲他的骨头，磨他的皮肤了，这感觉好极了。然后冬把蜡烛留在了那儿——它还能燃烧一个小时——开始爬剩下的阶梯。

回到更衣室后，冬用一只沉重的桶抵住通往楼梯的门，让它一直开着。然后他飞奔进管道部的办公室，从墙上的一个环上抓起一把钥匙。再回到更衣室时，冬拿起一个工具箱——那是他以前在这里工作时用过的那种工具箱，里面装满了各种钳子和锤子。他走到外面的街上，用这个工具箱把管道部临街的门也抵住。

现在到了麻烦的部分。冬摇着那个只能照亮几步远的小发电机，穿过布拉姆广场往利韦里街走去。虽然冬不知道乔格一家的确切位置，但这条街可以把他带到他们守株待兔的地方。他停下来，站在那里听着。没有说话声，也没有脚步声。他用手扶着墙，蹑手蹑脚地继续向前走。他要尽可能靠近如墨街。距离差不多了——这周围他随时可能碰到乔格家的人。

冬快速吸了口气。开始吧，他想。

他开始用双脚跺着人行道，弄出跑步的声音。但他其实并没有跑，只是在原地踏步。他大声地喘着气。

“我听到他了!”黑暗中约里克大喊着。

“他在那儿!”堪扎喊道。

“抓住他!”乔格咆哮着。

冬发出一声惊恐的大叫。在前面隔几个街区的地方,他看见一个乔格家的人(他认不出是谁)从一个门廊里冲了出来。冬转身就跑,每跑几步就摇动发电机维持着昏暗的光线。回到管道部的门口后,他抓起那只工具箱,把里面的东西都倒在大街上。那些工具相互碰撞着发出叮叮当当的响声。他把大多数工具都踢到一边,做出要匆忙藏起它们的假象。然后他将管道部的门大开着,又把钥匙插进门锁里快速扭了一下,接着飞奔穿过街道,半趴着藏在一家商店旁的楼梯上,静静地待在那里一动不动。

“声音是从这边过来的!”是约里克的喊声。

“跟上,你们这帮呆子! 快点!”这是乔格的声音。

冬听到鞋子在人行道上跑动的声音,随后拐角处出现了乔格家的四盏头灯,烛光在黑暗中摇晃着。

“在这里!”约里克被散落的工具绊了一下,然后大喊起来,“他把他的武器扔了!”

“等等,笨蛋,”乔格喊道,“这是个诡计! 他想让我们认为他在那里,其实他不在!”

但约里克已经冲进了室内。“你错了,爸!”他喊道,“我看到他的灯了! 他正往那些阶梯下面走呢!”

听到这个，乔格一家全部往门内冲去，堪扎欢快地叫喊着，米妮急匆匆地跑在最后。冬则迅速而无声地穿过街道，关上了他们身后的管道部的门。当然，他已经用钥匙将门把手旋到了上锁的位置。等乔格家人砸开门出来时——里面有大量的锤子和扳手可供使用，但那至少也要花上一小时的工夫——他应该已经在那条通往外面的小路上走了很远，他们追不上了。

冬径直朝幽深街跑去。到未知区域的边缘以后，他把发电机换成了蜡烛，并把蜡烛插进了他的灯帽。再快步走了几分钟，他来到了那道壕沟前。他心无杂念，敏捷而小心地从桥板上走了过去。到了对岸后，他把那些桥板都推落了。他知道乔格能跳过这个深坑，但这样也许会让乔格慢下来一点。

和莉娜一样，冬注意到那些瓶瓶罐罐是被特意丢下做指路标记的。他跟着这些标记尽可能快地向前走着，同时每经过一个标记物就把它狠狠地踢进黑暗中——这是减慢乔格追赶速度的另一个办法。每当冬感到疲惫时，想到乔格一家人猛击管道部门的情景，他就又有了坚持下去的力量。

往上攀爬的过程既危险又漫长——路上冬一支接一支地点着蜡烛。但至少他知道没人在追赶他。冬安全到达了顶部，再从那条裂缝中挤了出来。外面很黑，但从模糊的星光他看得出天快亮了。

他需要休息一会儿才能继续往前走，哪怕只休息几分钟也好。但休息之前，他必须看一下斯加哥给他的东西。他取下背包，把手伸进去摸到那包东西，把它拿出来，解开外面裹着的黄布。是那颗钻石，在黎明前昏暗的天光下闪着微弱的光芒。冬用手摸着它玻璃般的表面，又把它翻转过来，看见它下方那个圆环内有迂回曲折的纹路和金属按钮。他对这颗钻石的了解并不比乔格多，而且现在也没时间仔细研究——但冬相信自己会弄明白的。他非常感激斯加哥把钻石拿给了他，甚至还有点感激乔格首先找到了它。这钻石应该属于他，虽然曾经辗转于那些不应该拥有它的人的手中，但最终还是来到了他的身边。

19.

穿过旷野

莉娜睁开眼睛，想起她还在牧羊人梅格斯的车里。滴答的雨声停了，但外面似乎还是晚上。她悄悄坐起身，跪着爬下长凳，从马车后面看出去。她看到山和天空交界的地方有一抹淡淡的粉红色。应该差不多是早晨了。

梅格斯还在张大嘴巴熟睡着，下巴上淌着一串口水。莉娜知道梅格斯还要过一阵子才会起床出发，但她没时间等了。

莉娜穿上夹克拿起包。正当她把胳膊往背带里伸时，包不小心撞到了车边。马车晃了一下，一个盘子从架子上掉了下来，梅格斯被惊醒了。

“小心！”梅格斯大喊，“强盗！偷羊贼！”她猛地坐起来，头咚地撞到了车篷上的一根横梁。

“是我，”莉娜说，“我要走了。谢谢你的帮助。”

“你要走了？”梅格斯揉着头说。

“是的，”莉娜说，“我必须回家。”

“不用那么着急，”梅格斯说。她用毯子角擦掉下巴上的口水，迷迷糊糊地看着周围，“等我穿上衣服，弄点吃的，再把羊赶起来，喂喂马，就可以出发了。”

莉娜摇摇头。“我等不及了，”她说，“我必须尽快回家。你的车还要带着羊，我一个人走路比你们要快些。”

“你不能一个人走，”梅格斯说，“我和你一起走。这附近有狼。”

“它们不会来烦我的。”莉娜说。

“别傻了，”梅格斯打了个呵欠，“你自己先吃点早饭，我马上就起来。”她仰面躺下，拉过毯子又准备睡了。

“我不用吃早饭。”莉娜说。

“就在那边，”梅格斯好像没听到一样，一只手冲着车板上的几个包挥了挥，“有胡萝卜、坚果、干羊奶酪。”她闭上眼睛，把一个枕头捂在了头上。

莉娜打开那些包，从里面拿了些吃的东西。

“用雨桶里的水把你的水瓶灌满，”梅格斯在枕头底下咕哝着，“然后等我一下，我马上就来。”很快她又打起鼾来。

外面很冷，尽管东边露出了淡粉色的天光，但天还是黑乎乎的。莉娜装满一瓶水，把食物放在她的背包里。她并不打算等梅格斯醒来。她已经往南边走得太远了。为了回家不迷路，她要先往回走一段，回到那个她认识的地方，然后再往星火村去。等梅格斯醒来的时候，她应该已经在回家的路上了。

莉娜向那些挤成一大团的绵羊挥手告别，然后摸了摸那匹叫高兴的马的肚子，马歪过头伤心地看着她。“再见！”她轻声说。她开始往东北方向的斜坡上爬，踏上了回星火村的路。

走的时候莉娜有了个计划。她记得那条溪流旁有块像肩膀一样突出地面的岩石，从微光城入口大约步行十分钟就到。如果能走到那块岩石边，她就可以沿着小溪一路走回家。

风吹乱了她的头发，于是她边走边把手伸在脑后编辫子，然后从破旧的衬衫边上扯下一根线扎住辫梢。休息了一晚又吃了点东西，莉娜有了些力气，于是想走快一些。她已经等不及了。但雨后潮湿的长草和松软的地面却让她无法走快，而且天色昏暗，她看不太清楚。她觉得这会儿跟自己和冬之前从星火村出发的时间差不多，甚至还更早一些。如果不出什么意外，天黑前她就能回到家。不过这还是不够快，因为这意味着冬还要被囚禁一天一夜。但这是她能尽的最大努力了。她嘴里嚼一根胡萝卜，尽可能快地大步走过山坡，任由潮湿的裤腿拍打着她的皮肤。太阳很快就出来了，莉娜对自己说。那时她就能走得更快一些。

同一个早晨，第一缕阳光刚洒在星火村的屋顶上，肯尼、利兹和托伦在小镇北端的田野处会合了。下了一夜的雨已经停了，初升的晨阳给山坡镶上了一道红色的光边，从东侧照亮了地上的每棵枯草、田中的每个土块和田边的每根栅栏。天很冷，但没有人在意。他们都全副武装，完全沉浸在了这次使命的兴奋中：去救莉娜和冬，去进行一次他们自己的冒险。

这天是星期六，所以他们不需要找借口逃学，只要瞒过家长就行。托伦告诉默多夫人和海斯特医生，说他要去找冬谈一件非常重要的事情（某种程度上这是真话），很快就会回来。利兹和肯尼只是简单地说出去转悠转悠，他们的父母连问都没问就答应了。

他们三个走到田野的尽头，然后开始爬山。每个人的身上都背了个小背包，包里有水、大块的面包和水果干，防止莉娜和冬已经饿得头晕眼花。利兹还带了两条围巾给他们防寒保暖。肯尼昨晚差不多一夜没睡，一直在计划着这次探险。他从一件旧的红色衬衫上撕下一些布条塞在口袋里。他打算在走路的时候不时留下一片布条，把它压在石头底下或者用棍子扎在地上，这样他们可以顺着这些布条回来，就不会迷路了。肯尼有点担心他们会迷路。

前一天晚上利兹洗了头发，然后梳理了很长时间。今天她没有把头发编起来，而是让它蓬松地披在肩上，她知道这样会让她看起来更漂亮。她还用干薰衣草擦了手臂和脖子，这让她闻起来很香。这样精心打扮是因为在她的内心深处有个想法：冬是个做大事的人，是个让人崇拜的人，他应该需要一个比莉娜更迷人的女伴。如果冬成为一名英雄，他需要有个与众不同的人陪伴在身边。利兹一直认为自己非常与众不同，即使生病也没让她的美貌减少分毫；事实上，她觉得自己瘦削的脸颊和凹陷的眼睛让她看上去更迷人。

“希望他们没碰到什么意外，”快到达山顶时利兹气喘吁吁地说，“如果他们生了冻疮怎么办？如果他们中的一个摔断了腿什么的怎么办?”利兹想象冬瘸着一条腿,胳膊搭住她的肩膀被她搀扶着。不,首先她得想办法用带来的围巾绑好他折断的腿骨。太谢谢你了,冬会说,你能在这里真是上天的安排。

到达山顶后,他们停下来喘口气,环视着周围。村庄已经在他们身后了,烟囱中升起袅袅炊烟,一些人开始在院子里穿梭忙碌或者在街道上疲倦地走着。太阳刚刚开始爬过屋顶的东面,清晨的阳光在玻璃窗上闪着金色耀眼的光芒。站在山上看,星火村似乎是个平静而惬意的村落,不受任何疾病和饥饿的侵扰。

“情况很快就会好起来的。”肯尼说。

“没错。”利兹想象着冬紧挽她的手臂走回村里,人人都看到是她救了冬。

“快点,咱们走吧。”托伦说。他难得有机会离家一次,一定要充分利用。搜宝者们不会回头留恋刚刚离开的地方,他们只会一往直前。

他们的面前绵延着座座小山,一座高过一座,一直伸到远方的大山深处。看着眼前的这片广袤和荒寂,三个探险者的心中产生了一丝不确定。

“我们该走哪条路?”肯尼问利兹。

利兹也不确定,但她不想这样说。“大概是那条,”她的手向右边挥了挥,“走一会儿能看到一条小溪,然后沿着小溪走就行了。”

“看见那些树了吗?”肯尼说,“像一只手掌的那些?”他指着一座和这里隔了大约三座山脊的小山，那山顶的附近有一片像连指手套的橡树林。“我们到那里去吧。从那个高度我们能看到很多，而且它好像离这里也不远，这样我们天黑前就能回到家。”

于是他们出发了，这次是踏着湿漉漉的野草往山下走。利兹边走边东张西望，想找找有没有看起来眼熟的东西，但是没找到。或者说她觉得所有东西都眼熟，因为这里的一切看上去都没什么特别。她自信他们走对了方向，但也赞同肯尼时而用红布条留下路标。小心点总是好的。

三个人趔趔趄趄地往山下走着，有时还会绊倒，因为他们走路时没盯着地面而是看着周围的山坡，寻找与莉娜和冬有关的线索。又走了一个小时，太阳已经完全升起来了，他们的脚也被鞋子磨痛了，但除了远方天空中一些盘旋滑翔的鸟儿，他们没在任何地方看到有任何物体活动的迹象。

20.

岩石旁的战斗

把钻石重新裹好放回背包后，冬第一个想到的就是莉娜。夜里她不可能赶路。说不定这会儿她就在附近，可能刚动身往星火村去。要怎样才能找到她呢？他必须站到高处，越过群山往西面看。

虽然天还是很黑，但爬到高处并不难。攀着树根和突出的岩石，冬手脚并用地匆忙往山上爬去，直到抵达一片较为平整可以立住脚的地方。他在那里转过身来。黑暗中远山如黛，莉娜在那里吗？他深吸一口气，大声喊道："莉娜！莉娜！喂，喂，喂——！"她能听到吗？会不会她已经走远，他的声音在她听来只不过是风声或者是动物的嚎叫？

冬等待着，但没有听到任何回答。他太累了；在回家之前，他觉得自己需要在这里休息一会儿。他背倚着岩石坐了下来。他闭上了眼睛——等他的眼睛再睁开的时候，天已经亮了一些，尽管太阳还没有升上山头。

冬站起身再次大喊着："莉娜！你在那里吗？莉娜！喂——！"这时他想起自己还有别的办法。他放下背包，把手伸进去拿出他的发电机。很快,发电机上开始灯光闪烁。

冬的喊声穿过清晨寒冷的空气,穿过远处荒芜的旷野。莉娜没听到冬的第一声喊叫——她离得太远了。但她听到了第二声。虽然距离很远,但是莉娜知道这是一个人的声音。她的心跳动着。是冬吗?现在她已经走了半小时,可以看到那块肩膀形状的岩石了。她朝那声音的方向飞跑过去,脚在湿漉漉的草丛中磕磕绊绊着。“冬!”她大喊道,“是你吗?再喊一次,再喊一次!”

那个声音又响起来了:“喂,喂,喂——!”

天空下的微光山巨大而黑暗,但在山的底部她看到一个光点——它明亮、稳定,这样的光点只能是从一样东西里发出来。“我在这里!”莉娜声嘶力竭地大喊着,“我来了!”但是冬听见了吗?他们能找到彼此吗?风在身后呼啸着,莉娜跌跌撞撞地跑到那块肩膀状的巨石旁,顺着斜坡爬到了它的顶上。在那里她再次大喊起来,同时挥动着双手。“冬!冬——冬——!在这里!”他从城里逃出来了!她想。我们现在都安全了。我们会找到对方,然后一起回家。

莉娜看到那个光点在移动,忽明忽暗,然后消失了。冬一定是听到了她的喊声,所以把灯收起来朝这边赶了。莉娜就站在那岩石上等着。渐渐地,山边缘处的天空亮了一些,但微光山庞大的黑影仍然笼罩着整片旷野。每隔几分钟她就喊一次,她听到冬的回答声也越来越近了。但还有另外一个声音。那是什么?一阵沙沙的声音,还有呼吸声。突然,她的下方传来一声嗥叫。她低下头,看到草地上有三个瘦长而敏捷的模糊的影子。是动物！它们的尾巴抽动着，它们的头正像矛一样瞄准她。

冬听到了莉娜的回答声，于是如释重负地下了山坡，开始向莉娜的方向走去。他把他的发电机收好，大步流星地走出山林来到旷野上。他想莉娜一定是在溪流旁那块耸出地面的大岩石附近。有一阵子他们相互呼喊着，冬顺着莉娜的声音走，很快就看到她了。就快到了，她正站在岩石顶上向他挥手。

冬更来了精神。他忘了自己有多累，加快脚步走过去，差不多是在跑了。他身后的天空又亮了一些。莉娜不再喊了，可能她觉得冬已经知道她的位置了。冬走下一面小山坡，过一会儿他看到了那块大岩石。然后他向右稍拐一点后又往上走，直到离那块大岩石差不多只有五分钟的步程了。

就在这时冬听到了一声尖叫，伴随着的还有另外一个声音——是一阵狂怒的吠叫声。他停下脚步，有点困惑。是狗吗？这里为什么会有——他忽地想起来了，肯尼说过狼就像狗，可能是狼在叫。

冬心里一惊，立刻往前冲去。又一声尖叫传来，冬大喊着回应着，但因为跑得气喘吁吁，再加上内心的惊慌恐惧，他几乎喊不出完整的话。他跌跌撞撞地跑着，直到离得足够近时，他才看到发生了什么事：莉娜站在岩石顶上，岩石下方是一群狼，它们都仰着长脸向上看着，嗥叫着，牙齿咯咯作响。

冬两腿发软，但他努力让自己站着。他知道莉娜已经看见他了。她那双充满惊恐的眼睛正盯着他，她被吓得僵住了，一声也叫不出来。冬现在离岩石的底部大概有五十英尺远，正处在狼群的后面，位置比它们稍高一些。狼的嗥叫声很可怕。那声音从它们的喉咙深处发出来，充满了威胁和力量。冬正看着，一只狼从狼群中冲到了前面。它用后腿站立起来，突然变得难以想象得高大。它的前足已经搭上了岩石的斜坡，离莉娜的鞋子大约只有一码远。狼会攀爬吗？它们会直接跳起来扑向莉娜吗？它们会随时绕过岩石爬上她身后的斜坡吗？

不管怎样，冬必须吓走这些动物。他没有武器，但他有声音。他聚集起全身的力量发出一声巨大的呼喊，把他所有的恐惧和害怕也都喊了出来。听见声音，狼群转头朝他的方向看来。现在他可以清晰地看到它们的脸——长而狭窄的嘴巴，参差不齐的牙齿，斜着的黄眼睛。他再次大喊起来，这次喊的是："莉娜！朝它们尖叫！发出噪音！扔石头！""噪音"这个词让冬想起了什么。他俯身扯起一片草叶，迅速做成了肯尼教他的驱狼口哨。他吹着草叶，发出长而刺耳的尖厉的声音。狼群怒视着他，但并没有退却。

莉娜也大喊起来，于是狼又转身朝向她。她一边用眼睛紧盯着狼群，一边弯下膝盖用手在脚下的岩石上抓抠着，拢起一把松散的石块，把它们往下面扔去。有一会儿狼群后退了，但只是一会儿而已。随后这三只狼再次扑上前来，蹦跳着，怒吼着，嗥叫着。此时冬不顾自己的安危向前跑去，一边大声发出可怕的噪音，一边疯狂地挥舞着手臂。他被绊倒了，脚也扭了。他立刻感到一阵钻心的疼痛，但仍然毫不在意地继续向前冲。如果他有一个武器就好了！哪怕只是一根棍子！可他什么也没有，他什么也没有。莉娜命垂一线，他自己现在也离狼很近了，随时都可能陷入狼群。冬多么希望有什么能吓住狼群，分散它们——

突然冬停了下来。他取下身后的背包，伸手从里面抓出那块钻石，迅速扯掉它黄色的包裹。一瞬间冬的心如针刺般疼痛，但他随即拼尽全力把钻石往狼群中间扔去。

钻石并没有打中狼，而是砸在了岩石上。撞击让它散成了成千上万的碎片，如同爆炸般飞迸出无数玻璃状的细小颗粒。狼嗥叫着，低下了头，开始向后退。冬再次大喊起来，莉娜也一起喊叫着，同时踢下更多的石块。狼群继续后退，猛力摇着脑袋，不断怒吼着。冬看见它们灰色的毛皮单薄而杂乱，身体的两侧瘦得露出了肋骨的形状，脸和背上闪烁着极其微小的光亮，那是迸裂的钻石碎片在阳光下折射出的光芒。

其中一只狼似乎决定了什么。它跑开了一小段距离，然后回头看看。于是另两只狼最后看了一眼莉娜，跟在它后面跑了。它们敏捷地跳跃着跑远了，沿着山坡一路向北，没一会儿就消失在了山林中。

冬颤抖着长长吸了口气。当莉娜爬下岩石向他飞奔过来时，他站在那里，突然觉得很虚弱。“狼群走了吗？”她喊道，“你还好吗？”

“还好。”冬说，虽然他发现自己说不了太大声了。他刚向前迈了一步，腿就立刻疼痛难忍。他膝盖一软倒在了地上。

在冬的身后，太阳终于爬过了山顶。阳光洒满天空，照着长满草的山坡，散落在岩石下方的晶体细屑在阳光下闪耀着。那些是钻石留下的碎片。

21.

荒野求生

莉娜跑向冬，瘫倒在他身边。因为恐惧而产生的力量突然间消失了，莉娜觉得自己整个人变成了一摊泥。有那么一会儿她完全说不出话来。她坐在潮湿的草地上，颤抖地喘息着。冬向她转过身来，问："你没受伤吧？"

她摇摇头。

"那就好。"他说。

风吹着莉娜的脸，她战栗了一下。"你拿什么扔狼的？"她问。

"等一下，"冬说，"我会告诉你的。"

一些大鸟在远处的空中盘旋。莉娜想起来了：它们追逐狼群，捡狼吃剩下的东西。离开吧，鸟儿们，她想，你们在这里什么也找不到。

过了一会儿，莉娜说："我要去拿我的包，我把它放在岩石后面的地上了。"

冬只是点了点头。

莉娜走了，回来时她看到冬努力想站起来，但刚站起来就身子一歪摔倒了。莉娜听见他发出一声痛苦的呻吟。

“怎么了？”莉娜走到他跟前时问。

“我的脚踝，”他说，“我想是扭了。”

“你可以走吗？”

“我不知道。”冬说。他拉着莉娜的胳膊再次站起来。他试图走一步，但脚刚触到地面他就痛得吸气，又立刻把脚抬了起来。“没那么严重，”冬说，“也许再过一会儿……也许等我再休息一会儿……”

“不，”莉娜说，“我们今晚到不了星火村了，我们试都不要试。我们的速度会很慢。天很快就会黑，那时我们就被困在这荒山野岭了。”

冬闭上了眼睛。他仰面躺到地上，脸朝着太阳，看上去好像要睡觉。莉娜轻轻摇了摇他的胳膊。“我们要做个打算，”她说，“我们必须离开这里。万一狼回来了怎么办？”

冬叹了口气，用双手撑着身体又坐了起来。

“我想到我们可以去哪里了，”莉娜说，“来吧。你靠着我，用那条没受伤的腿跳着走。”

冬挣扎着站起来，背上他的背包。他用一只胳膊搭住莉娜的肩膀，两人开始一起翻越这座小山，沿着他们来的路走回去。风从后面吹来，把他们的头发吹乱到了脸上，早晨的太阳炫目地照着他们。

一路上冬都沉默不语，这让莉娜有点担心。他会不会折断了脚踝骨？如果他试着用那只受伤的脚走路，会出什么问题吗？但如果他不能走了，莉娜就只有再回到刚才的起点，独自回家找人帮忙。

他们朝山上走着。这一路很长很难走。冬一瘸一拐的，每走几步就疼得要停下来休息一下。最后他们终于到了那个洞穴的入口处，但莉娜没有直接进去，而是领着冬穿过树林去了梅格斯带她看过的那个房间。冬会想来看看的，她相信。

“你从搜宝者手里买的那本书以前就在这里，”她说，“他们就是在这里找到书的。”房间还维持着莉娜之前看过的老样子——光滑的墙壁，翻倒的桌子，散落的枯叶。

冬上下左右看着。莉娜本来以为他会很兴奋，但他似乎太累了，对这里好像没什么兴趣。

莉娜摊开她的毯子，两个人坐了下来。“那些狼，”莉娜说，“真是快把我吓死了。”

“它们饿了。”冬说。

“是的。我想它们觉得我闻起来像绵羊。”

“你身上确实有股羊膻味。”冬说。于是莉娜向冬说起了梅格斯——那个去过星火村的搜宝者，那个昨晚和她住在一起的牧羊人，那个一直在为地下城的家人提供食物的乔格的妹妹。

“那只小羊羔，”冬说，“昨晚我们已经把它吃了。”他告诉莉娜，当时看到她那机智的留言，知道她已经安全离开，他的心里才一块石头落了地。

“你吃早饭了吗？”莉娜问他。

“没有，”冬说，“我一整晚都没睡。发生了太多事，我要一件件都告诉你。”

“好的，”莉娜说，“我们边吃边说。”她从包里拿出梅格斯送给她的食物。“喏，”她说着递给他一些干奶酪、胡萝卜和饼干，“这些食物有点奇怪，但吃着还不错。”

于是，冬一边和莉娜吃饭一边告诉她事情的来龙去脉——他如何从米妮身上拿到钥匙，斯加哥如何帮助他逃走，以及他如何切断微光城的电源并把乔格一家困在了管道部。

他悲伤的声音让莉娜有些担心，那种绝望的语气不像是他会有的。“你担心乔格可能在后面追你吗？”她问。

“他可能在追，”冬说，“但是如果他追上了，我就告诉他真相：我已经切断了发电机，管道里不会再出水，路灯也不会再发光。他就知道不会再有保护他的堡垒了。”

“那他不会大发雷霆吗？会不会用各种方法报复你？”

“他会很愤怒，但我不认为他真的能伤害到我。除非……”冬压低了声音。“我们得听着说话声或脚步声，”他说，“一有动静就把房门关上。”

现在他们把房门开着。外面阳光灿烂，他们看见金色的阳光从树枝间洒下，听到快乐的鸟儿在林中啁啾鸣叫。

“今天白天和晚上我们就待在这儿，”莉娜说，“我相信明天你的脚会好一些，然后我们就回家。一切都会好的。”

冬轻轻点了点头，茫然地盯着空中。

“真的，”莉娜说，“什么都不是问题。”

“还有件事我没告诉你，”冬说，“有一颗钻石。”他把整个故事告诉了她。“我们要来这里找的就是它，”他说，“那本书上写的就是它。”

“那块宝石！”莉娜说，“梅格斯告诉过我，他们在这个房间里同时发现了那本书和宝石。这屋里没有别的，就那两样东西。”

“现在钻石没了，”冬说，“我就是用它来砸狼的。我对它有种奇怪的感觉——它就应该来到我身边。可能就是要让我用它来救你。”

“这个理由在我听来很动听，”莉娜说，“我出去找些木头。”她接着说：“晚上生火用。”

肯尼、利兹和托伦已经不停地走了很长一段时间，从太阳看已是过午了。托伦开始觉得不舒服起来。自从那次镇政府失火，他就没再走过这么多路。那次要不是冬，托伦差点就被烧死在了里面。在那场大火里托伦烧坏了脚，虽然已经痊愈了，但这次远行又让他的脚酸痛起来。这并不是一次托伦原本想象的那种充满惊险刺激的旅程。

“这里不会有什么搜宝者的，”托伦说，“因为没什么可收集的，东西也没处可卖。真是无聊。”

“但搜宝者必须像这样翻山越岭，”肯尼说，“才能在一个和另一个地方之间做生意。”

托伦皱起眉头。“我们离那些橡树还有多远?”

现在他们走到了山脊之间的沟谷里,所以看不到他们要去的橡树林。也许它比看起来要远,似乎确实要很长时间才能到那里。

“嗯,我们也不用走那么远,”肯尼自己也有点累了,“我们只到下一座山的山顶上去,也许从那里就能俯瞰到很多东西了。”

没人提出反对。于是他们再次打起精神往山上爬去,不久就来到那个圆形的宽阔山顶上。山顶的风更加猛烈,从那里看过去,周围的山也显得更陡峭嶙峋。

他们四面环视着,到处都是空旷的荒野。

“我们是不是该吃点东西了?”托伦说,“冬他们不在这里,我们不用省了。”

“你说得是。”利兹说。她的头发被风刮得乱糟糟的,飞舞着拍打在她的脸上,“要不我们只把大部分吃了吧。还是应该留一点,以防他们出现。”没有看到冬一瘸一拐地从远处向他们走来,莉娜一点忙都不帮地跟在后面,利兹很失望,或许莉娜根本没和冬在一起。现在坐下来吃午餐有两个好处:一方面他们可以休息一下,另一方面,如果冬和莉娜真在这附近,说不定吃午饭这么一会儿工夫就能出现在他们面前了。

于是他们三个从背包里取出面包、干果和水,然后把背包放到地上,他们就坐在包上吃饭。吃东西时没什么人说话,好像他们觉得这次的任务已经失败了，所以心里都不高兴。

“你身上好像有股怪味。”托伦对利兹说。

“我没有！”利兹说，“再说了，那不是怪味，是香味，是迷人的香味。你不会明白的。”

“你认为你很——”

但是肯尼打断了他的话。“看！”他用手指着，“那里有人！”

他们跳了起来，迎着太阳眯起眼睛向远处看去。他们同时想到了一件事：我们的营救任务还是成功了！但他们很快发现那并不是一个孤独的旅行者，而是某个伴随着动物和货车的人。那辆小篷车正在往南方移动。

“不是他们。”利兹说。

“不是，”肯尼说，“但也许车里面的人见过他们。”

“我们大声喊！”托伦叫道。

他们放开喉咙高声喊着，上下蹦跳着，挥舞着手臂。远处的那个旅行者已经快到一座山的顶端了，那里正长着这三个救援者曾引为目标的橡树丛。人、车和动物似乎即将消失在山的另一边了。

“再大声点！”托伦尖叫着，于是他们拼尽全身力气大声喊着。远处的旅行者站住了，转过身，又站住了。托伦有了个主意。“把我抬起来！”他对利兹和肯尼喊着，“快！用你们的胳膊做一个椅子抬我！”他们照样做了。他跳上去，站得比他本人高两倍，继续挥舞着手尖叫着。

那个旅行者赶着篷车，转而朝他们的方向走来。

“他们来了！”托伦喊道。他跳了下来。

“快！”肯尼喊道，“我们去！”

他们抓起地上的东西，背起背包。他们边跑边挥着胳膊大声呼喊着，很快他们就放心了：那个旅行者也看到了他们，正在把马车和动物朝他们这边赶过来。

“我想那是个搜宝者！”托伦喊道，“不是吗？”

向他们大步走来的人边走边挥舞着一根长棍，嘴里大喊大叫着：“快走，你们这些聋子！到这边，这边！小尖脚走快点！”

“是个牧羊人，”肯尼说，“是个女人。”

“不觉得她有点眼熟吗？”利兹说，“就是上周带着那些肮脏的羊来镇上的那个人吧？”

“是的，”肯尼说，“我想你说得对。”

“嘿，你们好！”牧羊人走近时喊了一声。她和她的篷车看起来就像一个旅游垃圾堆，移动时发出叮当声和吱嘎声。羊的腿上沾满了黑乎乎的泥浆。牧羊人大步走到他们跟前，用棍指着他们。“你们是谁？”她问，“怎么会有这么多孩子在这外面闲逛？”

肯尼走上前，开口说话了。“我们在找我们的朋友，”他说，“他们可能遇上麻烦了。一个叫莉娜，另一个叫冬。”

“莉娜？”牧羊人说，“一头乌黑的长发？瘦高个？走路速度很快？”

“是的!”三个救援者异口同声地喊道。

“她在那座有洞的山上待过,现在在回家的路上。”牧羊人说,“很奇怪你们怎么没遇上她呢?”

“有一个男孩跟她在一起吗?”利兹问,“棕色的头发,黑色的眉毛,神情严肃,相貌英俊……”

“她是在找一个男孩,”梅格斯说,“那男孩在下面。”

“在什么下面?”肯尼问。

“在山洞里那个城市的下面。”梅格斯咬紧双唇,皱起眉头,好像欲言又止。

“是冬!”肯尼叫道。

“一定是他!”托伦说。

“我们必须帮助他!”利兹叫道,“我们必须找到他! 当然,还要找到莉娜。”

“但是天已经晚了,”肯尼提醒她,“我们走不了太远,这一点我确定。我们还没到那里天就会黑了。”

“这话没错。”梅格斯说。她身后的绵羊骚动起来,哀哀地叫着,她朝它们挥了挥棍子,“你们三个是从星火村来的吗?”

他们说是的。

“如果你们想在天黑前回到家,就要快点了。”牧羊人说,“你们的路走偏了,已经往南边走很远了。你们不想晚上在外面过夜吧?那就赶快回去告诉你们的人,让他们去救那两个孩子。”

“我们自己不能救他们吗?”利兹失望地问。

“不能。”牧羊人斩钉截铁地说。

“那我们走吧,”肯尼说,“能走多快就走多快。”

于是他们三个转身往星火村方向走去。牧羊人领着那匹骨瘦如柴的老马,拉着那辆叮当作响的篷车,赶着那群任性散漫的绵羊,继续向南行进。

22.

归来和发现

接下来的几个小时里，肯尼、托伦和利兹拼命往回赶，等他们跌跌撞撞地终于回到村里时，天已经黑透了。他们来到海斯特医生家，托伦从门口的小路跑上去砰地把门推开。“我们回来了！”他喊道，“大家都过来！我们有重要的事情要说！”利兹和肯尼跟着从他身后挤进来。屋里很温暖，炉火烧得正旺。很快默多夫人手里拿着汤勺走出厨房，看见是这三个孩子时她站住了，惊讶地盯着他们。

“托伦，”默多夫人说，“这一整天你都去哪里了？”

波比跟着摇摇晃晃地从厨房小跑出来，但她几乎看也没看托伦和其他人一眼。“我要吃，”她拉着默多夫人的衣襟喊道，“我要吃，我要吃，现在就要吃。”

默多夫人心不在焉地拍了拍她。“过会儿。”她说。

“我们知道他们在哪儿了！”托伦喊道。

“谁？”默多夫人说，“你们好，肯尼……利兹……”她的声音低了下来，感到有种莫名的兴奋，“你们在说什么？”

“莉娜和冬！”托伦喊道，“得有人去救他们！”

"救他们?"默多夫人问,"为什么? 莉娜不是在先锋楼吗?"

曼迪从后门走进来,平静地看着这些人。她一只手提着篮子,里面似乎装满了杂草。"嗯?"曼迪说,"怎么回事?"

"是我猜出他们去了哪里的,"利兹说,"就在肯尼说他们失踪了以后。"

"失踪?"默多夫人越来越一头雾水了。

"我现在就要吃。"波比已经带着哭腔了。

托伦在默多夫人面前跳来跳去。"是那个牧羊人告诉我们的!"他大喊着,"莉娜在那里,冬也在那里! 我们必须去救他们出来!"

这时默多夫人双手叉起腰,眼神严厉地看了看他们。"好吧,"她说,"有什么事情是我不知道的。谁能给我解释一下吗?"

波比开始号啕大哭。

"波比怎么了?"利兹问默多夫人。

"她饿了,"默多夫人说,"我用最后一点橄榄油煎了些土豆片,她等不及想要尝尝。"

"也许我们都有口福尝尝吧。"利兹说。

于是,他们挤在火炉前吃煎土豆(正好每人三片)。吃东西的时候,肯尼、利兹和托伦你一言我一语地讲着整个事情,不时抢着对方的话,语速又急又快。默多夫人的表情则越来越惊恐,等他们把话都说完后,她紧紧抓住椅子把手,双眼直盯着他们。"要马上告诉镇长他们,"她说,"跟我来。"

整个下午冬都在睡觉。莉娜一边坐在旁边陪他，一边回想着自他们踏上旅程到现在这么短的时间里——还不到三整天——所发生的种种事情。他们把房门半开着，光线照了进来，寒冷的空气渗了进来，一些小飞虫也钻了进来，但并没有传来动物和人的声音。大约中午时分，莉娜又拿出些梅格斯给她的食物，两个人吃下了。然后冬又睡了。最后，日光开始逐渐变弱，外面的树木变成了一团阴影。天越来越冷，莉娜知道他们得准备过夜了：得生起火，吃完最后一点食物。她叫醒冬，看了看他的脚踝，这一看让莉娜震惊不已：冬的脚踝肿胀发黑，像一个大大的紫色水果。“明天我应该能走路了。”冬说，但他的声音里也充满了不确定。他坐起来靠在墙上。“我总是在想那块钻石。”冬说。

“但你都不知道那是什么。”莉娜说。

“我确实不知道。但在出洞之前我看过它的底部，虽然只是扫了一眼，但我看到了电线——这让我想起以前在微光城，我曾经把插头拆开想看看电是怎么工作的。那插头里面就有电线。”

“所以它可能是一盏灯，”莉娜说，“但——即使它是一盏灯，我还是不明白这对一切有什么影响。”

“也许它并不是一盏灯，”冬说，“但奇怪的是，它就在这里，就在微光城出口的旁边，在等着我们。它是属于我们的，就像……”他停下来不说话了。

莉娜以为他是太伤心所以说不下去了，但她发现冬脸上的表情变了:他那悲伤凝重的神情消失了,取而代之是一脸的惊讶。他的嘴巴张得大大的,眉毛高高挑起,呆呆地坐在那里,好像突然变成了块石头。

“什么?”莉娜终于忍不住问,“就像什么?”

“就像那个房间里的那条船,”冬说,“那里只有一条船,你还记得吗?当时我们还想,城里那么多人,为什么只留给大家一条船?”

“是的,我们都错了,因为它其实只是一个样本。一旦你找到那扇秘密的门,就会在那里发现大量的船,”莉娜说,“但你必须知道——”

“我们必须知道如何能找到它们!”冬喊道。

“你的意思是说,可能会有更多?”莉娜问,“更多的钻石?”

“可能!”冬叫道,“我们必须想办法——”他挣扎着站起来,但由于速度太快又扭到了那只受伤的脚踝。“哎唷!”他大叫一声,差点站不住。“在微光城的那间船屋里有块钢板,”他说,“里面有把钥匙。但在这里我没看到有那种东西。你看到了吗?”

“没有。”莉娜说。她点燃一根蜡烛,因为来自户外的光线几乎已经没有了。她拿着蜡烛看遍了房间的各个角落。在她看来这里的墙面非常光滑,没有可以藏钥匙的地方,也没有可以插钥匙的钥匙孔。

“使用说明可能就在那本书里,”冬说,“如果那个牧羊人没有把它烧掉的话。无论如何,我们要试试。”他把双手放在身后的墙上,上下左右仔细地摸找着。

莉娜跳起了身。她用蜡烛在房间中央滴下一滴热蜡，把蜡烛安在上面：“我们要找什么？”

“任何和其他地方看起来不一样的东西，”冬说，“也许是一个凹痕，一个土块。我不知道。”

他们用手拍遍了房间的整面后墙。如果这里像那个船屋，后墙应该也是通向某个地方的。莉娜把那个桌子翻过来摆好，站在上面去拍墙的高处，冬则沿着地板敲打墙根。但每一寸墙在他们摸起来都是一样的：平滑而坚硬。于是他们开始研究另外两面侧墙。他们用更大的力气按压着，沮丧地用拳头敲击着，幻想可能会发现一些松软的地方。但整个房间平静如故：没有什么面板弹开，也没有什么门滑到一边。

最后他们来到了门口所在的那面墙。尽管已经累了，也不再抱什么希望了，但他们仍然坚持不懈地找着。过了一会儿，莉娜觉得墙上有一条非常细的裂缝，就在门的左边。“这里可能有蹊跷，”她说，“你来摸摸？”

冬在她指的地方摸了摸：“是的——只有头发丝宽的一道裂纹。试着在它旁边按下去。”

莉娜开始往下按。冬把手放在她的手旁边，两人一起用力按下去——突然一扇小平板门砰地弹开了，他们冷不丁被吓了一大跳，扑通一声跌了个仰面朝天。

“找到了！”冬喊道。他刚才重重跌坐到了地板上，此时挣扎着站了起来，差不多是在用一只脚站着。莉娜正从那个开口处往里瞧，冬也凑过去从她的肩膀上方往里看。在这个盒子一样的开口处，他们只看到里面有个垂直安着的把手，把手的左边印着“关”字，右边印着“开”字。

“我来吗？”莉娜问。冬点点头。莉娜握紧把手向右一拉。它慢慢移动起来，最后锁定时发出了一个让他们万分欣慰的咔哒声。

然后是一阵碾磨的声音，一阵破裂的声音——房间的墙壁开始移动。

他们跳到一边，眼睛一眨不眨地盯着。在他们的两边，坚固的墙板向上滑动，露出整面墙的架子，从地板直到天花板。架子上整齐地摆放着成排的蓝色钻石，都和被冬弄坏的那块一模一样。

“有好几十个。”莉娜吸了一口气。

“有好几百个，”冬说，“它们太美了。”

在那支蜡烛的照耀下，钻石闪烁着柔和的光芒，蓝得就像星星出来前的夜空。

“这些是我们的钻石，”冬小声说，“是给微光城民的。”他盯着这些钻石，眼睛里闪闪发光。“现在，”他说，“我们要是知道它们是怎么用的就好了。”

23.

活着回家

听说莉娜和冬跑去了荒野,而且现在需要营救,镇上的三个领导人——玛丽、本和威尔默——显得很不高兴。在这种时候,本·巴洛烦躁地说,因为某种冲动的探险而迷失野外,甚至还被人绑架,这些完全无益于改善目前的状况,只能是雪上加霜。事实上,他说,在当下这几乎就是犯罪,等把那两个惹麻烦的孩子带回家,应该给予他们适当的惩罚。

但每个人都同意应该先找到孩子。于是玛丽和本授权默多夫人处理此事。他们决定征用村里一辆较小、较轻便的货车,找一头较年轻的、脚程较快的公牛拉车,玛丽负责赶车。尽管海斯特医生告诫说那手上的伤口已经感染,要经常更换绷带,伤口一天至少要清洗两次,但冬的父亲仍坚持要跟车去。正因为此,并且冬或莉娜也可能需要医疗护理,医生当然是要随行的。利兹很高兴快出发时自己被叫上了,因为微光城民里只有她最近往那个方向去过。他们一大早就要出发,要带上食物、帐篷和毛毯,还有生火的材料。海斯特医生还带了一背包的急救用品:绷带、药膏和夹板。

黎明时分他们出发了，所有人中只有利兹在心里窃喜。

清晨寒冷但是晴朗。地面比之前稍硬了些，因此一路走得比较顺畅。玛丽赶车，利兹站在她身后的车厢里指路。“我们当时沿着南瓜地的这边走，”她说，“然后爬上那边的小山。等你到了山顶，应该会看到肯尼留下的小红布条。然后你要——”

“谢谢你，利兹！”玛丽说，“但不要一下子告诉我所有路线。就说现在怎么走，别让我们走错路就行了。”

于是利兹多少安静了一些，尽量只在必要的时候说话，比如前方出现第一根布条时提醒一下，或者指出他们昨天试图到达的那片连指形橡树丛。她又沉浸在了之前的想象中：当他们找到冬时她会如何跑向他、如何发现他受伤了、如何妥帖地照顾他，他也会意识到她是多么与众不同，多么——

那头公牛在崎岖的石路上和丛生的杂草中吃力地上山下坡，货车颠簸着跟在后面，一直往东北方向的山群走去。太阳升到了头顶，又落入了暮色。利兹到货车的后面坐下。她梳了梳头发（她随身带着发梳，还有两根备用丝带和三条围巾），然后有点昏昏欲睡，于是把胳膊趴在蜷起的膝盖上，再把头搭在胳膊上。有一缕馨香沁人心脾，因为她之前又用薰衣草擦了擦手腕。就在她快睡着的时候，冬的父亲突然大喊了一声。

“看！”他喊道，“那里有人！玛丽，把车停一下！”

利兹被惊醒了，她跳了起来。车渐渐放缓，然后停下了。

“在哪里?”她问。

冬的父亲也站了起来,用他那只缠着绷带的手指着东北方向。“在那里!”他说,“我只看到一个点,但它在移动——可能是一只动物,但感觉又不是。”

大家都紧张地看着那个黑点,它正在断断续续地慢慢移动着。

“会不会是一头牛?”海斯特医生说。

玛丽摇了摇头。“也许是一只鹿,”她说,“或者是一头草原狼。”

他们在那里继续看了几分钟。风吹乱了利兹的头发,她用双手把它们压在头顶,免得妨碍她的视线。她眯起眼睛,努力想看清楚那个移动的小点。

“我们朝那边走。”玛丽说。牛抬起蹄子向前,把车轮子调了个方向。又走了十分钟左右,他们确信远处的那个黑点不是动物,也不是一个人——而是两个人。他们挨得很近,相互搀扶着。利兹尖叫起来:“是他们!”冬的父亲和海斯特医生也同时喊着“冬!”和“莉娜!”尽管相距仍然很远,但那两个人一定已经意识到是谁来了,因为他们都把手臂伸到空中像疯了一样挥舞着。

冬的确受伤了,但利兹并没有第一时间照顾到他。莉娜已经这样做了,而且海斯特医生夸她做得很好。他们回到星火村时已是深夜。医生解掉莉娜之前给冬包扎腿的围巾,利兹看到冬腿上的紫色肿块时觉得有点恶心,暗暗庆幸当时没在场帮他处理伤口。她甚至完全不嫉妒是莉娜救了他。事实上,当时一看到他们蹒跚地走向货车，看到他们那么疲惫不堪、一瘸一拐、风尘仆仆，她差不多已经忘记了之前想象的那些场景。他们都是她的朋友，她很高兴他们能够活着回家。

24.

抢救探险队

那天晚上，看到他们如此疲惫，没人问莉娜和冬什么。但第二天一大早，镇上的领导人都聚到了医生的房子里来了解情况，冬和他的父亲也来了。玛丽问出了每个人的心声。“冬，”她说，“你们说回到了你们的老城。你们真在那里找到有用的东西了吗？有食物吗？或者有能用于交易的东西吗？”

“是的，”冬说，“我相信有足够的东西能帮助我们度过冬天。还有——”他瞟了一眼莉娜，莉娜带着几乎无法察觉的微笑和他对视了一眼，“我是说，有很多东西。我们必须去把它们都拿回来。”

“我们为什么要相信你？”本·巴洛说，“你们已经惹了不少麻烦，再来次荒野探险可能会带来同样的麻烦。”

冬的父亲严厉地看了本一眼。“你为什么不相信他呢？”他说，“他曾经让人不信任过吗？”

“没有，本，”玛丽说，“我想我们可以相信他的话。”

威尔默紧张地拉了拉耳朵：“你不是说有人住在那里吗？”

“是的，”冬说，“但我想他们很快就会离开了。”

“如果能带回足够的东西缓解目前的困境，”玛丽说，“我们就应该去。”

于是这事就这样决定了。许多人都自愿参加探险队：他们很好奇，想亲眼看看那个传说中的地下城市。准备工作开始了，每个人都积极地投入了进去。制蜡烛的工匠加班加点地忙；敞篷货车和马车都修整一新，轮子也上好了油；每个闲置的布袋、空桶和箱子都带上了；工具、绳索和食品都准备好了。如果天气好，计划一个星期后动身。

那个星期的第二天，在花了一整天的时间睡觉、休息和吃饭后，冬和莉娜在先锋楼的一间阁楼里见面了。这房间以前是用来存放旧家具和清洁用品的，如今里面布满了灰尘，东西已经发霉，屋椽上垂着密密的蜘蛛网。但它有一扇窗户，正对着楼前面通往那条河的田野，透入的阳光也足够让他们看清楚东西。他们今天打算研究（当然是秘密地）冬带回来的钻石。在没弄清楚它是怎么回事之前，他们不想向任何人展示它。

他们很快发现了一件东西。在钻石的底端，就在它的金环内部，有一个螺旋的凹陷，看上去像灯泡插座，而且冬找来的灯泡确实能很合适地拧进去。但灯泡装上后并不亮。冬试着拨动插座附近看上去像开关一样的东西，但仍然什么也没发生。灯泡烧坏了？开关失灵了？还是别的什么原因？但不管怎样，他们看得出这里可以安一只灯泡。如果灯泡亮起，再把钻石倒过来拿，手里就有盏灯了。

他们迷惑不解，又去翻看那本只有八页纸的书，想从中寻找线索。莉娜坐在靠窗的地板上，书放在膝头，肩膀上方的阳光中灰尘轻舞。冬拿着钻石坐在她旁边。钻石在阳光下闪烁着，但仍然顽固地保守着自己的秘密。

“书里说的都是我们知道的，”莉娜说，“看这儿，最后一页。这看起来确实像是最后一页——我是说，这后面没有撕剩下的页边。纸的上端有半句话，估计是接着之前一页的，但前一页已经没了。句子里写着：‘……天赐之源，至纯无暇；众生可享，永不竭尽。’”

“我在想，‘天赐’是什么意思？”冬说，“还有‘永不竭尽’指什么？”他把钻石高举在阳光下，以便看得更清楚些。他再次研究起钻石的下方。除了那个灯泡插座和旁边的开关，钻石的金环内还有电线，看上去好像可以被解开。他小心地把它们拉出来，但不知道要怎么用，于是把它们又塞了回去。

内心的挫败感让他难以忍受。这个被微光城建设者留下的、似乎是盏灯的美丽而奇怪的物体——他把它捧在手心却无法让它工作。在微光城，灯是由电点亮的，电就在房子的墙壁上。把插头塞进插座，电就来了。但这盏灯没有插头，除非曾经有过但被乔格丢掉了；可即使有插头，星火村也没有插座来插它。那么这钻石是如何获得能量的呢？

很快他们找到了答案。一开始他们也不知道是怎么回事——只知道这盏灯突然亮了。但在接下来的几天里，他们一次又一次地实验，还不时向布罗维尔老师咨询一些词语的概念，于是渐渐明白了。一旦他们明白了，就立刻着手制订起计划来。

在那一星期的等待中，托伦一直处于极度的兴奋中。他周围正在发生着激动人心的神秘事件，而且他终于成为了故事的一部分——他没被忽略，或者至少没被完全忽略。他参与了对莉娜和冬的营救，而且他即将要去继续探险。但有时他还是感觉别人有事情在瞒着他。这段时间里莉娜的表情既神秘又快乐：她经常哼着小调，而且托伦和她说话她总是心不在焉，仿佛另有所想。

那天冬和他的父亲来到了医生家。在医生治疗冬父亲的手时，冬和莉娜去了一个角落说悄悄话。托伦蹑手蹑脚地想过去偷听，但被莉娜发现并赶走了。在那之后，冬提出想看看托伦的宝贝，于是托伦把他那些整齐码放的宝贝从收藏的箱子里取了出来——有飞机、大象、远程遥控器和一盒灯泡。“它们真棒。”冬说。他轻拍了一下灯泡盒子，问：“这里面有多少个？”

“四十八个，”托伦自豪地说，“哦，不对，是四十七个，因为你拿走一个装在你的发电机上了。”

“没错，”冬说，“你能有这么多灯泡真幸运。总有一天它们会派上用场的。”

出发的日子终于到了。早晨的天气寒冷而清爽，所有愿意参加旅行的人都来到了集市上。他们聚拢簇拥着，或急切或兴奋地彼此大声招呼着，带着用来装物品的空袋子和空箱子，把它们装进四辆敞篷货车，再套好拉车的牛。本·巴洛到处视察着，确保去的每个人都是走路好手，因为回来时车里不会再有地方坐人了（除了冬，因为他脚踝受伤了）。玛丽提醒人们要跟着那些从微光城来的人，因为他们知道方向。威尔默不安地摆弄着外套上的纽扣，看起来很紧张。

“冬呢?”托伦问莉娜。

“他马上就到。”她说。但她看上去有点担心。她寻遍人群却找不到他，直到最后一刻看到冬赶来才松了口气。因为赶得匆忙，冬的脸红红的，脚仍然有点跛，身上的背包涨得鼓鼓的。

玛丽发出了口令。“我们走吧!”她喊道。随后，伴着车的吱嘎声和牛的哞哞声，篷车探险队启程一路向北，绕过南瓜田的地边，往小山群走去。

他们走了一整天，傍晚时分到达了一个树木繁茂的山谷，在那里他们搭帐篷过夜。又走了一天，次日傍晚他们到了山洞的入口。最后一缕阳光斜照着大地，在草地上投下向东的阴影。篷车探险队停了下来，大家围成一圈盯着山腰上那拱形的开口。它看上去不大也不宽，不像会通往一座城市。

“那就是我们从微光城出来的地方。”冬站在领头的车上对大家喊道。“上面那里，”他的手朝右边指着，“就是我们即将进入的地方。”

但是他们只能在外面的空地上再露宿一晚，第二天早晨再下到那座城市里。篷车被排成一排用来挡风，人们分散到山坡上，折下长得较低的枯树枝用于生火。很快，橙色的火焰像挥舞的手掌在黑暗中跳跃起来。

那晚托伦很长时间都没睡着。他想这就是一个搜宝者的生活：要在黑暗的旷野里独自生存，还要学会自己生火。另外，如果晚上一直要提防狼群，怎么能睡得着呢？这样的日子似乎很不好过，也许他应该换个工作。

第二天早晨，风终于弱了下来，天气也暖和了一点。天上最后的星光刚刚消失，大家就都起来了，盼着能立刻动身。但他们要先吃饭，还要再组织一下；莉娜和冬也要把一直保密的计划开始——或尝试着开始——付诸实施了。到了这里，在一切即将成为现实的时候，莉娜感到她的胃在颤动，冬也觉得自己的心跳得更快了。

别人都在吃早餐的时候，冬把头转向了莉娜。“我们走吧。”他悄悄地说。他拎起他的背包，和莉娜一起从牛车的后面溜过，朝那片树林走去。

25.

旅程之光

那个无窗小房间的门保持着上次他们离开时的样子——被他们用一根树枝留了约一英寸的开口。进门以后，冬把背包放在那张小桌上，然后从包里摸出一只灯泡。“出发那天我之所以迟到就是因为这个，”他说，“我得等到托伦出了家门才能去拿，还要把它们包在海斯特医生的布条和绷带里，这样它们就不会因为相互碰撞而破碎。这过程花的时间比我想象的长。”

“那你把它们都拿来了吧？”莉娜问。

“是的。我们开始吧。”

他们再次打开墙上的那扇小门，移动门把手，墙面再次上滑，成排的钻石露了出来。

“现在，”冬说，“我们先用一块试试。”他小心翼翼地从最低的架子上拿起一块钻石，把它连同一只灯泡带到外面的露天处。莉娜跟在后面。他们在树丛中找到块空地，冬把钻石以金环着地放着，让充足的阳光照耀着它。

“我们等一会儿。”冬说。

他们肩并肩坐在一棵倒下的树上。他们听到远处星火村人快乐而兴奋的说话声。一只鸟在他们头顶的树枝上跳来跳去地啁啾着，远处传来另一只鸟清脆的回应声。一团小飞虫在阳光中飞舞着。

蓝钻石在地上毫无变化。他们又等了一会儿。

“时间到了吗？”莉娜终于说。

“估计到了。”

他们站了起来。冬捡起钻石并把它翻转过来。他在金环下方拧上一只灯泡，打开金环上的开关，灯泡亮了。那光比一百支蜡烛的光还要璀璨耀眼，照得他们的脸熠熠生辉。

冬把那带着闪亮灯泡的钻石高举过头顶，他们开始往回跑，回到正站在山坡上吃早餐的人群面前。“看！”冬喊着，莉娜也喊着，“大家都来看！”

人们放下手中的食物盯着他们。疑问声从四面八方响起：“那是什么？”“从哪儿来的？”

“这是魔法吗？”有人叫道。

“不，不是魔法，”冬说，“这是电！”

“电？”托伦喊道，“像你用发电机摇出来的那种吗？”

大家都挤到了一起。他们目瞪口呆地看着那只闪闪发光的灯泡——真是一个奇迹，那光即使在早晨的阳光下也那么强烈夺目。

“但我不明白，”肯尼说，“它怎么会发光呢？”

"是阳光让它产生了电。"冬说。

"不，"本·巴洛伸长脖子看着，皱着眉头说，"不可能。"

"但事实就在你眼前。"玛丽·沃特斯说。

冬的父亲开口了。"儿子，"他说，"你突然就拿出了这个东西。你是从哪里得到它的？你是怎么知道它的？我认为你需要向大家解释一下。"

于是，冬和莉娜开始一起解释，告诉了大家整个故事的来龙去脉——或者差不多是整个故事。他们没提关于狼的那部分。他们知道，提起这个只会带来麻烦：默多夫人会晚上做噩梦，冬的父亲会担惊受怕，村民们则可能会追踪并杀死那些狼，虽然那些狼只不过是在做所有生物都在做的事情——努力活着。所以，莉娜和冬没有提及那些恐怖和危险的时刻。他们把这一部分的故事深埋在了自己心里，它就像一块黑色石头，就像他们带回来的明亮宝石的秘密伙伴。

人们都想要摸摸这块钻石，想仔细端详它。许多只手伸了出来，肩膀碰撞着。本一边挤过去一边说："拜托借个光，我得看看这东西。"威尔默·丹特也努力从侧边往里挤。利兹则在一旁骄傲地说："我们在微光城时就有电，家家都有电。"

但冬后退了几步。"等等！"他喊道，"我们现在得开始了！没多少时间了。"他从鼓鼓的背包里拿出了那盒从托伦处"借"来的灯泡。

托伦尖叫起来："那是我的！"

“是的，”冬说，“如果你知道它们能被用来做如此重要的事情，你会感到骄傲的。”

莉娜和冬爬上一辆篷车。他们提高了嗓门，确保大家都能听到。他们轮流向人们解释着往下走去微光城时会遇到的状况——那条岩壁旁的羊肠小道，那片未知区域，还有那道壕沟（他们将用从星火村带来的木板和管子在上面搭一座坚固的桥梁）。“如果还有人在那里，我们马上就会知道，”冬说，“因为我们会看到他们的火光。但我想他们可能已经走了。”他又让大家组成不同的搜索队，每队都由微光城以前的居民带领。这些队伍将去不同的街区，收集一切有用的东西，然后把它们堆到指定地点。冬和他父亲带队下到管道部去；莉娜和利兹带队去储藏室；克莱瑞·连恩带队去微光城的温室，她以前是那里的经理；爱德华带队去检查图书馆和学校；剩下的队分散到城市里的其他地方。

搜索工作将会持续大约八个小时。冬让玛莎·帕顿来把握时间，方法是在哈肯广场一支接一支地烧八支蜡烛（他心里希望乔格一家在离开时留下了沙漏，但他不能指望这个。）快到八小时的时候，玛莎将吹起三次长长的响亮的哨声。然后所有队伍都将收集来的东西搬到未知区域，在那里把东西打好包，把包裹运到顶部的山洞外，再把它们装入篷车运回星火村。

只准备工作就花了将近一个小时。冬给每个领队一块钻石和一只灯泡，然后每个人都把他或她的钻石放在地上吸满阳光（冬之前在星火村测试过：大约十五分钟钻石就能充满电，至少能持续发光八个小时）。与此同时，莉娜把她带来的一卷细绳剪短成合适的长度发给所有的领队。她还给每个人都发了几只麻袋用来收集东西，又发了一些蜡烛，以防有灯泡坏掉（她和冬把上次旅行中省下来的所有火柴都带来了）。

钻石放在阳光下的时间已经足够了。人们把灯泡装上，按一下开关，灯泡亮了。他们激动得跳了起来，大叫着，欢笑着。曼迪是那种不苟言笑的人，但此刻她的脸上也露出了罕见的笑容。“好吧，”她说，“卡斯帕那荒唐的梦想毕竟还是有了点用处。”

“现在，把绳子的一端系在钻石的环上，”莉娜说，“另一端系到腰带上，这样你们就可以既带着灯又腾出双手了。”

在对这些钻石知之甚少的情况下，目前的计划还是很成功的。冬和莉娜领着人们走上山坡，没多久就到了山腰的那个裂缝处。他们两个先进去，只带着冬的小发电机。站到悬崖边上后，冬停止摇动发电机，他们低头往下看。没有光。一丝光也没有。“他们已经走了。”冬说。莉娜接着说：“很好。”

然后他们领着这将近一百名村民，开始沿那条长而狭窄的岩壁小路往下面走。钻石灯的照明效果比蜡烛好得多，但这一路走下来并不容易。许多人都很害怕，不断有人因为绊到岩石或离小路的边缘太近而大声尖叫，还有人看着前面无尽的黑暗恐惧地哀号起来。但整个队伍还是走了下去，然后又步履艰难地穿过未知区域，再一边尖叫着一边蹑手蹑脚、摇摇晃晃地走过壕沟上的桥，最终进入了城市。

空气中弥漫着早已熄灭的火堆的烟臭。只花了几分钟时间，搜索队就理好装备并从刚才痛苦的过程中恢复了过来。然后各个队伍分散开，穿过街道，到之前分配好的区域去搜索。时间一小时一小时地过去了。他们进入每处房间、大厅和楼道，打开每个碗橱和橱柜，翻遍每个旮旯和角落，收集着有用的东西，丢下不需要的东西。这是一次彻底的搜索，但速度并不快。微光城以前的居民们不时沉浸在回忆中，经常带着队伍偏离原定方向，坚持要走上几个街区去他们曾经住过的房子或工作过的地方，去那里收拾一些他们上次匆忙出城时没带走的小财物；星火村的村民们则深深惊叹于这神奇的地下城市，路上问了无数个问题，不时还要驻足观看。

但随着时间的流逝，搜索工作的效率也提高了起来。人们不再聊天，也不再四处观望，而是专心致志地搜集东西。在整个城市的不同角落，有用的东西堆得越来越高。克莱瑞的队伍在外面的温室里收集了好几种甜菜、绿叶菜和南瓜的种子，都是星火村的村民从未见过的。爱德华的队伍发现微光城图书馆已经被清空了，这让爱德华非常伤心；但沙隆小姐以前的教室里还剩下三本书：一本字母书、一本数字书，以及一本厚厚的《微光城指南》。虽然这些书说不上很有用，但人们还是把它们带了回去，作为对这个城市的纪念。

冬的队伍下到管道部，穿过曲折的隧道来到了市长的密室。密室里——正如冬以前发现的——有很多市长及其幕僚在那疯狂的最后一天没来得及带走的东西。餐桌和盘子上的食物残渣已经发霉，市长的扶手椅还在那里，周围摞着成堆的罐头、成盒的灯和成箱的供给物。冬记得默多夫人说过，当时市长试图逃跑时，她看到河旁的人行道上有些鼓鼓囊囊的袋子。于是他们这个搜索队去到河边，把那些袋子找了回来。但带着这些东西穿回隧道，再爬上长长的管道部楼梯，这过程倒花了冬他们好几个小时的时间。冬本以为能有时间回到自家的老房子里，去寻找他那本画昆虫的书，但最后他决定不去了。上面的世界里有那么多神奇的昆虫，他完全可以重新再画一本，而且一定会比以前的那本更好。

莉娜的搜索队在储藏室里没发现什么东西。微光城民在出城之前就知道，这座城市的供应物资已经差不多耗尽了。一些房间里还留有几盒别针、几卷硬皮绳、几听盐、一些食品罐头——大部分是菠菜——以及几盒电线和插座。利兹找到一双粉色袜子，立刻据为己有。其他的大多数东西都已经破碎或腐败，没必要带走了。

但冬告诉过莉娜，据约里克说，某个商店的后部藏有隔间，有人曾在里面贮存过什么。莉娜知道那个商店，以前她在那里买过彩色铅笔。店主是个叫罗普的年轻人，曾和市长一起去储藏室里盗窃，还曾是利兹的男友。现在看着那个房间里成堆的物品，利兹义愤填膺地痛骂起来。“他对我说他只拿了一点点！”她说，“真是个骗子！我以前怎么会喜欢他呢？”那里的储物很丰富，有成罐的食品、成箱的纸张铅笔（莉娜很高兴地看到还有彩色铅笔）、成包的肥皂和很多的灯泡。

大约搜到一半时，他们决定让其中的几个队伍停止搜索，开始把收集到的东西汇总带到地面上。因为手受伤不能扛东西，冬父亲负责指挥管理。他让一些人去从各种堆起的物品中收集东西，把它们带到未知区域的边上，在那里由其他人分装打包，然后扛着这些包从小路往上返回。

这一天过得很漫长。大家都累得腰酸背痛，不得不坐在哈肯广场的长凳上稍作休息。玛莎·帕顿坐在集会大厅台阶上，根据燃烧的蜡烛计算着时间，莉娜则时不时地跑过去问她一下。还有几分钟搜索就要结束了，这时莉娜让利兹负责她的队伍，然后悄悄走开了。她穿过哈肯广场，绕过乔格家的篝火废墟，来到了魁利姆广场上她曾和波比与祖母一起住过的房子。莉娜想看看能否找到她以前画的那张想象中的明亮城市的图片。她用灯光照着曾经挂满画的墙壁——但墙上空空如也。不过，在浴室的柜子里，她找到了那管已经差不多用完了的抗生素-B。她把它放进口袋，然后跑回哈肯广场，爬上集会大厅的台阶。她沿着走廊走进市长办公室，穿过那扇通往楼梯的门上到楼顶。再一次，也是最后一次，她从楼顶向外看去。

眼前的这个城市是一幅她之前从未见过的景象：这里或那里到处点缀着明亮的、移动的灯光，是搜索队们在忙碌工作。以前在微光城，灯光从不移动；唯一的光来自固定在建筑物上的巨大照明灯和人们家里的台灯。现在它们都毫无光亮，取而代之的是搜索者们在街道上和窗户里亮起的点点萤火之光。

玛莎的哨子吹响了——三次长长的嘹亮的哨声。莉娜看到下方越来越多的光点从房子里钻出来，沿着街道朝物品堆放点涌去，然后汇聚成一股光流前往同一个方向。那是搜索的人们正带着收获奔往未知区域边缘的集合地。

“再见了，微光城！”莉娜大声说，仿佛城市能听到她的声音一样，“这一次是永别了，我的城市。”

然后她走下楼梯，再次跑到外面的街上，重新加入探索队中。

她看到冬正站在那把白色扶手椅旁，指引着人们往崖壁小路去。“我们不会再见到微光城了。”冬说。

“是的，”莉娜说，“但是没关系，我已经向它告了别。”

26.

有趣的外乡人

从微光城取来的食物足够让星火村村民度过冬末最难熬的几周。有时他们还会吃到些奇怪的食物。星火村村民以前从来没吃过罐装菠菜、奶粉或维生素片，现在他们尝到了这些东西，觉得既新奇又高兴。他们也很喜欢其他的一些罕见物品，比如橡胶靴和可以在春天播撒的种子。在那几周里，人们大部分时间还是吃不饱，但再没有因为饥饿导致的冲突，更没有人被饿死。

后来路面干了，几辆篷车再次上山把其余的钻石都运回了星火村。他们发现，原来那个没有窗户的房间里共藏有一千颗钻石，都整齐地码放在山体内凹槽中的长架子上。每家分到两颗钻石，其余的都被小心存放在屋顶已经修好了的方舟里。这些钻石不属于村里的任何一个人，而是属于全村，全村的人一起决定如何使用它们。他们首先决定拿些钻石去交换生活必需品。于是，一个贸易队带上三块钻石去了附近的石田居民点，回来的时候带了满满一车的玉米粉、干豆和有点发芽的土豆，还有石田的特产杏仁黄油。

钻石还给星火村带来了其他的变化。他们的日常生活中增添了新的一项：每天早上起来要把钻石放到外面吸满阳光，即使在多云的日子也不例外；每天大概有一小时的时间，那些闪闪发光的蓝色玻璃点缀着各家的花园、栅栏和门阶。蜡烛匠的生意差了很多，他不得不拓展些别的生意，比如地板蜡和货车润滑油。蜡烛使用的减少也降低了火灾的发生次数，而且人们晚间在镇里行走变得容易多了，无论刮风下雨都不影响照明。钻石还让人们在天黑后可以继续工作，可以做些缝纫或编织的活儿，还可以读书。

那次远征微光城之后只过了几周，星火村就有了一个可以在里面看书的真正的图书馆。几个人帮助爱德华在方舟的后面新造了一间屋，里面摆上书架。爱德华又添置了五张桌子，每张桌子中间都放上一颗钻石照明。晚上许多人都来看书，连肯尼这样认为自己从不喜欢读书的人也爱上了这里的一本书。那书里有很多奇怪的照片——身上有条纹的马，脖子长长的、浑身是斑点的东西，还有鼻子上长着一只角的像猪一样的动物。这一带的搜宝者们渐渐知道，只要是书，不管什么类型的，差不多都能卖给爱德华。每有一个搜宝者来过，图书馆里就会挤满了人，大家都想看看又有了什么新书。

冬父亲的手受伤已经几个星期了，但还是没有好转。最后，海斯特医生断定他的伤口里还残留着玻璃碎片。于是，她给他吃了她最好的止痛药（但药效证明它们并不是很管用），然后冬的父亲咬紧牙关由她再次切开伤口。这次的手术是在两颗钻石的明亮光线下进行的，海斯特医生很快就把所有玻璃残片一次性全部清除了。

冬天快要过去的时候，在一个温暖的下午，一家搜宝者从南方来到了镇上。他们看起来非常糟糕。他们的篷车像一堆锈铁，车后盖着一块肮脏的帆布。他们有一头骨瘦如柴的公牛和一匹瘦得可怜的马，还有一群像是一直在泥里打滚的绵羊。这一家人自己也个个头发蓬乱、衣衫褴褛，看起来和他们的绵羊一样地不堪。

有搜宝者来的消息渐渐传遍了小镇，人们都聚到集市来看热闹。但一看到这家人的寒酸落魄样，失望的抱怨声就开始在人群中传开了。那个看似家主的男人又矮又壮，身体像石块一样结实，浑身毛发茂密。他戴着一副方框眼镜，但任何人都能看出那眼镜没有镜片，因为他的一些眉毛已经像猪鬃一样从镜框里戳了出来。他跳上一摞箱子，开始咆哮着大声叫卖。

“过来瞧，过来看啦！”他喊道，“把你们最好的东西都拿出来。你会看到我们有你想要的东西！非常特别的东西！你们以前从没见过的东西！都过来看啊！”

那天冬去旧镇厅里捡些废弃木材，莉娜正在面包店买面包。一听到这个搜宝者家主的叫卖声，两人像是突然被一块飞来的石头击中，愣住了。他们都停下手头的活儿跑过去看，眼前的景象证明他们是正确的——乔格一家人来到了星火村。

冬看见莉娜从面包店里走出来，于是拼命朝她挥手。莉娜立刻看见了他，急忙穿过越来越多往集市去的人群向冬奔来。

“是他们吧？”她说。

冬点点头。再次看到乔格一家人，冬感觉不太舒服，过去的种种不愉快又在脑海中浮现了出来。

“那个女人就是当时卖给你书的，”莉娜说，“她叫梅格斯，是个牧羊人，是乔格的妹妹。她看起来比以前更糟糕。”

“那个腿有点扭曲的、神情悲伤的瘦弱男孩就是斯加哥。”冬说。看到斯加哥，他心里有些别样的难过。这种感觉很复杂：他因为没能返回救出斯加哥而感到内疚，同时因为斯加哥曾给予他帮助而心存感激。他希望钻石的丢失没有让斯加哥受到责罚。

“靠近点啦！”乔格喊道，“看！我有玉米罐头和蔬菜罐头——都是古时候留下来的，但做菜一样好吃。我有三十七副眼镜！我有毛衣、连指手套、婴儿鞋。还有四瓶治咳嗽的药，只用过很少一点。”

人们又挤近了一些。莉娜小声问冬：“你要对乔格说什么吗？”

很多念头像飞蛾一样在冬的脑中飞舞着。怎么办呢？去公开指责乔格吗？冲上去抢走斯加哥吗？

“我还有几袋羊毛，”乔格喊道，“填枕头、织毛衣，都是很好的。明年冬天，等那冻死人的天气又来的时候，你们一定用得着。”他从车后面拖出三个鼓鼓的袋子，扑通扔在地上。

“上好的蓬松的羊毛，”梅格斯跟着说，“一根草刺也没有。”

“我才不信。”莉娜低声说。

“还有雨衣，很有用的，”梅格斯举起一件外套，是用皱巴巴的旧塑料布拼凑起来的，看起来很像她以前用来盖马车的那块篷布，“都是我亲手做的。”

“快过来看看吧，”乔格叫道，“要换这些好东西，你们得出个好价钱。我知道你们这里有那种能点火的小玩意——也就是火柴。最好拿它来换。拿火柴来的人有大优惠啦！”

人们叹着气，耸起肩摇着头。他们是享受不到大优惠了，因为村里没有火柴。几星期前他们已经用掉了最后一根。

冬的心中突然感到一种刺痛：他为自以为是的乔格感到悲哀。乔格曾经拥有可以制造光和电的东西，但他并没有从中受益，因为他根本不知道那东西是什么。

交易就快开始了。冬仍然不太确定他要做什么，但他知道应该让乔格和斯加哥知道自己在这里。他必须大声说出来。于是他转身对莉娜说：“我要去……我要过去一下。”他挤到人群的最前面，尽量挺直腰板，然后大声喊道：“华士——顿·乔格！”

乔格猛地抬起头。他立刻看到了冬。他的嘴巴张得大大的好像要说话，但却停顿了很长时间。就在他张口结舌的时候，堪扎和约里克惊讶得叫了起来，米妮发出一声哀号，斯加哥则用略微颤抖的声音高喊着：“冬！”但乔格却瞪了冬好一会儿，然后眉毛像乌云一样沉下来，脸气得皱成一团。“小偷！”乔格喊道，“鬼鬼祟祟的奸诈狡猾的小偷！”

周围的村民都静了下来，只有几个在人群后面的人急切地问着：“怎么了？他为什么大喊大叫的？发生什么事了？”

“没错，”冬说，“我是从你那里偷了东西。”

“我对你那么好，还把你带到自己家里！”乔格气得脸色铁青。他举起毛茸茸的拳头对冬挥动着。“叛徒，忘恩负义的家伙，强盗！”他尖叫着。

“罪犯！”约里克大喊着。

乔格走到约里克的旁边捶了一下他的肩膀。“安静！”他又转头怒视着冬。“你偷了我的东西，”他说，“你要赔给我。”

“我已经赔给你了，”冬说，“用我的时间，还有我干的活儿。”

堪扎大喊道：“那些都不够！我们本来能用那东西买一座城堡！”

米妮又发出了一声刺耳的哀号。

这时围观的人们已经意识到了这些搜宝者是谁，开始兴奋地议论纷纷。以前的微光城民尤其好奇，他们仔细打量着这些曾经占领他们城市的奇怪又肮脏的人。莉娜仍然站在人群后面，静静地听着身边惊讶和愤怒的交头接耳声。

“我女儿说得对！”乔格大喊着，“那些都不够！”他瞪着周围的村民，张开双臂挥舞着。“包庇小偷是不对的！”他大吼着，“我需要公正！”

冬还没开口回应，另一个声音响起了，是斯加哥。他一瘸一拐地走向乔格，拉住他的袖子：“那是我的错，不怪冬！是我偷的钻石，请不要责怪他。”

这时冬突然想到了让事情平息下来的办法——就在此时此地，他可以很轻易地做到。“不，”冬说，“想要钻石的人是我，拿走钻石的人也是我。所以——我会把它还给你。”

乔格正要再次大发雷霆，他的拳头已经举到了半空准备去打冬，但听到最后一句话时他突然停住了：“什么？”

“我会归还我拿走的东西。”冬说。但旋即他意识到他不能——至少此时此地他不能，因为他身边现在没有钻石。他犹豫地站在那里，既不愿意走开，又不知道下一步该怎么办。

但莉娜知道。“冬！”她大喊一声，“稍等一下！”她用胳膊肘拨开人群，冲到了最近的一家店里。很快她又挤进人群，这次手里拿着一颗钻石。等来到冬面前时，她把钻石递给了他。冬高高地举起钻石，让乔格看个清楚。“它在这里！”冬喊道，“还给你！”

乔格的满腔怒火顿时烟消云散。他一把抓过钻石，目不转睛地看着它，他的家人也都聚到周围盯着它。米妮伸出一只手摸着钻石，仿佛是在爱抚一只小动物。堪扎咯咯地笑了起来。

但斯加哥却看着冬，脸上充满了悲伤。

村民们目睹这一切，窃窃私语着。

“好吧，”乔格最后说，“卓恩，这件事算你做对了，而且做得很得体。既然我们已经拿回了财产，那就继续我们的交易买卖吧。”

“好的，”冬说，“但首先你要听我说几句。”

乔格耸耸肩：“说吧。”

人群挤得更紧了，低声的谈论停止了，每个人都在认真听着。

“我不叫卓恩，我叫冬，冬·海洛。这里是星火村，是我生活的地方。微光城——就是那个你所说的黑暗堡——是我出生和长大的地方。微光城原有大约四百个居民，现在都住在这个村庄里。”

“不可能。”乔格说。堪扎紧张地干笑了几声，约里克则张大了嘴巴。

“但这是真的。”冬说，人群中的原微光城民们也大声附和着。

乔格挠了挠脖子，皱起了眉头。“哎，稍等一下——”他说。

“不，”冬说，“你稍等一下。”然后冬告诉了乔格微光人的故事，以及他们是如何离开微光城来到星火村的；告诉他自己和莉娜·梅菲是如何返回微光城的，以及他们的计划是如何被乔格和他的家人破坏殆尽的。“没错，”他说，“我是拿走了斯加哥给我的钻石。那是因为我知道它属于外面的世界，不属于你。”

乔格发出厌恶的声音：“呸！你怎么知道它不属于我？”

“我是从你们找到的那本书里知道的，”冬说，“你妹妹把书卖给了我，那书的封面上有‘写给来自微光城的人’几个字。另外，”他补充道，“我肯定你根本不知道那钻石到底是什么。”

“我知道。”乔格抱着双臂扬起下巴，一副顽固的样子。

“那它是什么？”冬问。

“当然是宝石，你这个木头脑袋！你们这些人穷疯了，估计没见过什么宝石，所以就是看到了也不认识。”

“可能吧，”冬说，“但我知道它不只是宝石。”乔格气急败坏地正要说话，冬举起一只手止住了他。“没关系，”他说，“现在继续做你的生意吧，很快你就会明白的。”

乔格瞪着他，但他还是转身走到了篷车的前部，把那块钻石放进去收好。然后他又回到那些袋子和箱子跟前，一家人齐动手摆开了他们的卖货摊子。乔格把那些东西一个个举起来，人们喊叫着和他讨价还价。慢慢地太阳开始西斜，镇政府和河边树木的阴影长长地映在了集市的石头上。天黑了下来，乔格还在继续叫卖，冬和莉娜则沿集市静静地走着，走进每家商店，与每个店主简单说了几句。然后店主们一个接一个地走了出来，站在各自的家门口。他们每人手中都拿着一颗钻石，钻石上面的灯泡正在闪闪发光。很快整个集市都闪耀起了灿烂夺目的光芒。

乔格抬起头。他扯掉了眼镜，仿佛它在干扰他的视线。他凝视着那些光芒，似乎彻底惊呆了。冬走到他面前，咧嘴笑了起来。“这叫得-伊-安-电，”他说，“你听说过吗？”

27.

光明前程

经过长时间的激烈讨论，星火村的领导和居民最终同意让乔格一家成为星火村成员。有很多人反对，原因包括：(1)他们把冬虐待得很惨；(2)他们对待斯加哥也很残酷；(3)他们不太讨人喜欢。但也有一些人赞同，原因包括：(1)他们对待斯加哥还算手下留情；(2)梅格斯曾经帮助过莉娜；(3)乔格有点小聪明；(4)他们做搜宝者显然不合格，应该帮助他们成为文明人。

先锋楼的后面有一间四车位的旧车库，现在被拨给乔格一家居住。冬教他们如何使用钻石，莉娜主动提出教他们读书。没多久他们就很好地安顿了下来。梅格斯的羊群越来越健康，数目也增加了，后来他们还用羊毛做了不少大衣和毛毯。乔格想出一个聪明的办法，制作了折叠式遮阳篷。约里克和堪扎明白了幸灾乐祸、讽刺嘲弄、尖酸刻薄和鲁莽冲动都是不好的，也在努力改过自新。

利兹不再想做冬的女朋友了。她觉得冬太严肃，而且很明显他最喜欢莉娜。她反而开始尝试走近那个跟着乔格一家来的奇怪男孩——斯加哥。想要了解斯加哥并不容易，因为他很害羞；但利兹相信像她这样有魅力的女孩一定能打开他的心扉。她看得出，斯加哥需要快乐、鼓励和关心。

斯加哥恢复了他的本名：提姆。他对冬解释说，他之所以没有离开乔格家是因为无处可去，他知道自己无法独立生活。但现在来到了星火村，他决心要换个地方住住了。于是他搬进先锋楼，和诺姆一家人一起住在一楼的房间里，这样他就不用爬楼梯了，还可以去厨房帮忙。有一天，提姆把他收集的宝贝拿给莉娜和冬看，就是当时冬从乔格家的高架子上拿回来的那些东西。里面有提姆母亲戴过的一只光润的红石手镯、一条提姆父亲用野猪牙穿成的链子、三块提姆在小溪里找到的亮晶晶的鹅卵石、一块古老的银币，还有提姆在微光城找到的两样东西：一本画满美丽昆虫的手绘册和几张绘有奇怪城市的图画——那是他帮乔格洗劫一间公寓时在墙上发现的。“我的昆虫书！”冬喊道。“我的城市图！”莉娜叫道。当提姆发现这些东西属于冬和莉娜，就主动提出要还给他们。但冬说他正打算画一本新的昆虫书，莉娜也说她只想要其中的一两张画，其余的还是由提姆保存。“我还可以画很多，”她说，“我的想象是画不完的。”

大半个夏天里肯尼都坐在一根木头上。有一次往树林里走的时候他发现了一个狐狸窝。如果他坐着不发出一点声音，小狐狸们就会从窝里跑出来，他可以在一旁静静地看它们玩耍。他曾经带冬一起去看小狐狸，冬还说起了他们逃出微光城时有只狐狸是如何帮助他们的。

那年严冬之后的几个月，生活仍然艰苦，但和以前不一样了。人们不再为生存而担忧，只做些虽然辛劳但可以让生活更好的事情：盖房子、种树、煮饭、缝衣服、做生意、修东西、读书学习。有时候冬觉得累了或者事情做得不顺手，就会向他父亲抱怨说活太多。冬的父亲有时也会觉得疲倦和沮丧，他右手的伤一直没彻底好，所以做起事情来不那么方便。但他只对冬说："儿子，你要知道，生活本来就不是件容易的事。我们总要不断努力工作，我们身边总会发生不幸，我们无法控制暴风雨、疾病和狼群。但生活还是美好的，而且我认为我们现在的生活就很好。"冬只有表示同意。

冬花了很多时间来研究钻石。他发现那个金属环里有一根小杆；当他用手去按那根小杆时，一朵火花蹿了出来，吓了他一跳。同时他也明白了，这颗钻石可以像火柴一样用来生火。冬把金属环里的电线拉出来，想把它们接到其他不是灯泡的东西上试试。他在先锋楼的储藏室里找到一台旧的电风扇。他把电扇修好，再把它连到钻石上，于是扇叶悠悠转了起来，吹出一股微微的凉风。他又把一台古老的烤面包机连到钻石上，烤焦了几片面包。后来冬想，如果他能有材料做个电水泵，钻石就可以带动水泵抽水；如果有个搜宝者能带来台旧冰箱，就可以把几颗钻石连在一起，用它们的能量启动冰箱。

但钻石更显示了一种可能性，那就是，太阳光可以被捕获和储存供人类使用。但要弄清其中的原理、找到可行的方法、学会制造灯泡、学会制造钻石——这一切的实现还需要很多很多年的时间。冬知道在他的有生之年是看不到了，但他可以开始尝试。不会的东西他可以学，他可以试着制造东西，还可以把知道的东西教给别人。冬知道这就是他想要做的工作。

莉娜有了一个既熟悉又新奇的收获。那是晚春时节，一个搜宝者来到了镇上。默多夫人第一个发现他，当时她正往先锋楼去给曼迪送些腌李子，刚巧碰到那个搜宝者从南边沿路走来。他牵着三匹马，其中两匹很瘦，弓背弯腰，毛色也灰突突的难看，但另一匹的毛呈暗棕色，背鬃油黑发亮，走起路来昂首阔步、意气风发。

默多夫人突然有了个主意。她觉得这个主意真是太好了，于是赶快抄近路抢在搜宝者之前进了村，等到玛丽·沃特斯家时她已经上气不接下气了。“玛丽，”她气喘吁吁地说，“我想我们可以给莉娜一个惊喜。”

玛丽听说之后立刻同意，这事就办妥了：她们拿一颗钻石给搜宝者，换来那匹暗棕色的马，然后送给了莉娜。莉娜给他起名“飞利特”。整个夏天她差不多只要得空就去练习骑马，秋天的时候她已经可以骑在马上飞奔了。

时间飞逝——又过了几个冬天（但都不再像第一个冬天那么黑暗和艰难），然后是潮湿的春天和炎热的夏天。新房盖好了，田地里种上了新的庄稼。搜宝者们带来了镇上需要的物品，有时那些物品要用钻石来买。就这样，钻石开始出现在了其他村庄里，搜宝者们告诉那些村民钻石来自哪里以及怎么用。从废墟中找到的灯泡以前一直没什么价值，但现在成为了搜宝者的热门收购品。有时候，买了钻石的人会送消息到星火村，要求购买更多钻石或者想了解更多钻石的功能。针对这些需求，冬专门写了一本答疑小手册，学校里的学生们又帮他抄录了很多份。就这样，那些和钻石有关的知识慢慢地在各个村庄中传播开了。

各个村庄之间的联系也越来越多了。在以前，消息主要靠搜宝者传递，但他们的牛车走得很慢，而且经常在途中停下来，所以消息的来往不够迅捷。面对这种情况，莉娜再次想到了去做一名信使。她开始骑马穿过荒野，去居民点和城镇送信件和包裹。虽然莉娜仍然沿着搜宝者们的路线，但是骑马的速度要远远快于他们。有时冬坐在她后面搂着她的腰，和她一起骑马去古城废墟。他在那里收集到了旧的电动剃须刀、吹风机、插头和电线，这些可能对他的工作有帮助。有时托伦也会跟莉娜一起去送信，他把这称作“搜宝者的实习”。

莉娜教托伦唱她以前从搜宝者那里听到的关于微光城的歌。现在回想起那些歌词，她发现梅格斯唱错了。梅格斯是这样唱的：“隐藏之物将会重见光明，那钻石比黄金还要珍贵。”但原歌词应该是：“隐藏之物将会重见光明，它比钻石和黄金更要珍贵。”莉娜第一次听到这首歌时就在想，歌词中那珍贵的宝藏指的就是微光城的城民。钻石当然很珍贵——但如果没人找到它、了解它和使用它，它也不会有多大的价值。

更多时候莉娜都是独自去送信，这让默多夫人有点担心，怕她会发生意外、遇到强盗或者迷路什么的。莉娜还只是个孩子，她放心不下。但她又会提醒自己，莉娜曾经和冬单枪匹马完成了多少了不起的壮举啊！这并不是因为他们有非凡的能力，而是因为他们懂得如何运用勇气、善良、好奇心和知识等寻常人都有的能力。莉娜是好样的，默多夫人总结道。毕竟莉娜正在长大，很快就要完全独立了。她只要求莉娜在极寒和酷暑的时候不要去旷野里送信，莉娜同意了。

除了出去送信，其余时间莉娜都在家里给海斯特医生和默多夫人帮忙。但她更喜欢出去送信：带着默多夫人为她做的鞍袋，包上好吃的和要用的东西，规划她的行走路线；她喜欢当她到达目的地时看到收信人正在那里等着她。最重要的是，她喜欢出行本身。她喜欢清晨翻坐上飞利特宽阔强壮的后背，她喜欢这种出发的感觉。他们会先漫步穿过一个村庄，然后，当来到空无人烟的路上时，他们就会越跑越快直到加速飞奔，冲激起的气流翻动着飞利特的鬃毛，吹着莉娜的头发在身后飘扬。世界上也许并没有爱德华那本书里所写的“从此幸福”，但有时候幸福还是存在的；对于莉娜，幸福就是做她生来就喜欢的事情——带着信件快速飞奔。

有一天，在莉娜骑马送信的归途中——差不多是钻石被发现的五年以后——一捆书信从她的一个鞍袋里滑落了下来。这是她的错，她没把信件装好。看见信掉下去了，莉娜勒住飞利特的缰绳，想下马去把它捡回来。但不知怎么的，还没等飞利特停稳，有封信被风吹到了它的脚下，被它踏得粉碎。莉娜把所有能找到的信的碎片都捡了起来。这是另一个镇上某个同样热衷书籍收集的人写给爱德华·帕克的。虽然可能并不紧急，但莉娜不得不承认她把信给毁了，这一点让她感到非常惭愧。

莉娜在图书馆前停了下来，想向爱德华解释一下。但爱德华并不在那里，冬却在，他正弯腰整理一些因为潮湿而卷皱的大部头书籍。莉娜灵光一闪有了主意，自己不禁笑了起来。“冬，你看。”她说。她坐到冬旁边，给他看那些信的碎片。“我想信的大部分都在这里了，”她说，“也许你能帮我把它们拼回原样。”

“没问题，”冬说，于是他开始拼凑那些碎片，“我来看看。这里好像在说……那么这片应该在这里……还有这个……”冬停了下来，抬头看着莉娜，“我们以前不是做过这样的事情吗?”

莉娜大笑起来，冬也随之大笑着。如同有一股电流，心照不宣在两人的目光流动中迅速传递着。

那些年星火村不断发展，越来越繁荣。先锋楼后面盖起了新房子，是成群的小庭院，方便各家各户相互联系。后来有一天，这些房子中的一幢成了莉娜和冬的家，波比和他们一起生活，隔壁住着默多夫人。默多夫人一个人把家里收拾得干净整洁，直到大概两年后她接受了冬父亲的求婚。于是冬父亲离开他的小屋，搬来和默多夫人住在一起。他总喜欢收集一些小东西，虽然有趣但把屋里堆得很凌乱，默多夫人只能尽量去容忍。

很久很久以后，在莉娜坐着卡斯帕的马车去过的废城遗址上，一座新的城市开始崛起。这座城市里的楼房都带有闪亮的屋顶——但这些楼房并不太高，甚至没有高过周围的树木，所以不会让街道看起来像峡谷那样阴暗。这是一座美丽的城市，一座闪闪发光、耀眼夺目的城市。太阳能有轨电车带着人们上山下坡，校园里面和商店之间都是美丽的花园，港口停泊着来自遥远码头的、帆桅五彩斑斓的航船。当然，莉娜未能见到这样的城市——没有真实地亲眼看到，只是在想象中见过。但她的曾曾曾孙女就住在这座城市里，她还一直保存着一只木雕箱，里面是莉娜画的画，已经很旧很破了。她不时会把这些画拿出来看看，惊叹她的曾曾曾祖母当年是如何在从未见过的情况下画出这座城市的。

但所有这一切都是许多许多年以后的事了。现在，在远征微光城之后的那个温暖的夏季，莉娜和飞利特在外面一片野花灿烂的田野上奔驰，冬在想办法往一个旧的吹风机上安装钻石，默多夫人在打扫海斯特医生家的庭院，海斯特医生在花园里撒玉米粒喂鸡，托伦则坐在附近的一个树桩上摆弄着玩具飞机。他让飞机一会儿猛地上冲，一会儿又突然下滑。他想象着自己就坐在飞机里，到很远的地方去旅行，成为史上最伟大的搜宝者。

当然，托伦离不开这片土地，他也永远不愿意离开。但想象一下总是可以的。他想象自己可以像鸟儿一样在空中高高飞翔，看着春天一望无垠的美丽田野，清澈的河流蜿蜒其间，到处盛开着黄色的芥末花和橙色的罂粟花，人们在田间耕作忙碌。再飞得高一些，托伦就能看到星火村外面的世界，看到通往其他村庄和居民点的纵横交错的路，搜宝者们正在路上来回穿梭。

然后托伦想象他能像飞机一样飞得更高。这样他就看到了下方广阔的陆地，群山看起来就像顶部被漂白的皱巴巴的布，湖泊像硬币一样闪烁，道路四通八达，长满青草的山坡和田野像一片片绿色的地毯，在他目光所及之处不断延伸。到处都能看到聚集的小黑点，那些是人们聚居的地方，但聚居点之间有着很宽的距离。从上空看，这个世界似乎美丽而宁静；风暴、争吵和恐惧，这些让生活变得艰难的东西全都消失了。

最后，托伦想象自己还能飞得更高，如同一架宇宙飞船去遨游太空。从那里，他看到了地球圆圆的轮廓。在他和地球的表面中间，他可能还会注意到有个物体正在一条不规则的轨道上移动着。有时候，这个物体距离地球很远，地球上的人以为它是一颗缓慢移动的流星或彗星；但有时候，它又会突然很接近地球。近来许多人都注意到了这个现象——大多数人都认为这是一颗运动的星星。事实上，它并不是一颗星星，而是一架无人驾驶的小型宇宙飞船。二百多年前，在一个名叫扬伍德的小镇上，有一位名叫霍伊特·麦考伊的天文学家，他让人类和另一个世界的生命有了首次的联系后，这架飞船就出发驶向了地球。

在那时，霍伊特的发现并没有被公开，只有少数几个密友知道。然后霍伊特把它告诉了其他科学家，总统也知晓了，于是一场正要发动的战争中止了，人们改为去思考这个发现的意义。最终，一些年以后，这个秘密还是被泄漏了。报纸登出了关于小绿人的头条新闻，人们都变得很兴奋。但过了一阵子，小绿人并没有出现，人们又回到了日常的烦恼中，这架穿越太空的小飞船几乎被遗忘了。五十年过去了，一场巨大的灾难爆发了——在那之后，再也没有任何人记起它了。

但这架飞船从未中断过它的旅程，那些将它发送出来的人长年监测着它的飞行情况。最后，就在莉娜和冬打算返回微光城的前几个月，它来到了地球。它一直都在收集数据发回它的星球。如今它会报告说，它原本想要发掘的伟大文明似乎已经消失了，取而代之的是微小和低级得多的初始文明。它会观察到，在夜晚，这个世界的大部分地方都漆黑一片，但并不是所有地方。在一些地方闪动着微弱的光点——并不是火堆，而是电灯，如钻石般在黑暗中明灿闪耀。小飞船还会报告说，这里的人们似乎并没有完全失去曾经拥有的东西。他们中的一些人幸存了下来，他们的一些智慧也得到了传承。毫无疑问，他们如星星之火，正在走向新的光明。